KB238559

봄엔 조증이 많다는데

봄엔 조증이 많다는데

권민경의 3월

난다

—
차
례

작가의 말

오르락내리락하는 건 기온일까,
기분일까, 내 인생일까

새 겨울, 새 여름이란 단어는 없는데 새봄이란 말은 있다. 일 년 농사든 새 학기, 새 출발이든 앞으로 시작될 새로운 에피소드들, 그것에 동반되는 설렘과 기대가 '새봄'이란 말 안에 들어 있다.

나는 이 새봄에 나와 마주하게 될 독자들이 봄에 걸맞은 행복과 기대를 품길 바란다. 그러나 그건 글을 통해 내가 하고 싶은 일일 뿐, 내가 잘할 수 있는 일은 아니다. 누군가를 위로한다는 것은 큰 재능이다. 내겐 그쪽으로 재능이 없다.

여기엔 대신 뭐가 담겨 있을까?

혼란함. 해야 할 일, 하고 싶은 일, 하기 싫은 일들 사이에서의 방황. 모든 상황에 처음 맞닥뜨린 것처럼 반응하는 예민함. (그것이 숨쉬는 일일지라도.) 당황하는 와중에도 웃지 않으면 살 수 없다는 걸 알기에 깔깔꼴꼴 웃기.

세상의 하고많은 봄 중 이런 봄도 있는 법.

그러니까 이게 내 3월이다.

좋아지려다가 나빠지고, 남을 위로하려 들다가도 몸과 마음의 기력이 쇠해 자빠지고 마는 봄이다. 처음 만난 사람과 친해지고 싶지만 불안한 눈알만 굴리는 시즌이다. 새로운 문구를 잔뜩 장만하고 첫 장만 휘황하게 장식하는 날들이다. 형광펜으로 강조되고, 스티커로 치장된 설렘이다. 설렘의 이면에 불안과 고독이 도사리고 있는 계절이다.

이 봄 속에 정말 찬란함이 깃들었는지 의심하지만, 또 속고 마는 그런 마음이다. 사람은 속아야 산다. 별거 있겠는가 싶지만 한번 더 믿고 만다. 비가 오다가 진눈깨비로 바뀐다. 기껏 새로 장만한 봄옷을 입고 추위에 떤다. 그렇지만 날은 착실히 따스워지고 있으므로 한번 더 속아본다.

겨울이 가고 봄이 왔다고. 나도 새것이 될 수 있다고.

나는 당신이 이 책을 통해 깨달음을 얻길 원하지 않는다. 다만 한 시절을 가뿐하게 넘기길 바랄 뿐이다. 시름을 잊고 다음달로 나아가자. 내 글의 어둠이 여러분의 3월을 괴롭히지 않기를.

나는 교탁 앞에 나가 선 신입생처럼, 새로 사귄 당신에게 자기소개를 한다. 쭈뼛거리며, 내가 꺼내놓은 진심이 너그러운 당신에게 가닿길 바라며.

3월 1일 — 시

긴 그림자 짧은 빛

봄날이었고

내가 떼어놓고 온 과거의 내가 있어.

과거의 나는 멀어지는 나를 막 쫓아와.

신발도 벗겨지고 눈물 콧물 짜면서.

차창 너머로 그걸 지켜보는 나도 눈물 콧물 짜는데

자꾸 멀어져만 가.

나는 끝내 나를 따라잡지 못하고 발을 동동 굴러.

그걸 반복하며 지나온 봄.

신파 최루 전미 오열 따위.

이런 삶에 글을 덧붙이는 건 낭비라고 생각.

그럼에도 난 늘 혹이 많다. 혹이 많은 체질이 있다고 의사 신생님이 그랬다.

나의 얼굴을 자꾸 덧칠하며 당신에게 선물하고 싶었던 건-

긴 어둠을 잊을 짧은 빛 정도.

3월 2일 — 에세이

자축인묘진사오미신유술해

　내 언니인 권민선은 나보다 한 살 많다. 당연하게 초등학교도 일 년 먼저 입학했다. 그때의 교과서는, 어미 '습니다'를 '읍니다'로 표기했다. 나는 '습니다' 세대였기에 아무런 혼란이 없었지만, 언니는 '읍니다'로 배우다 '습니다'로 바뀐 경우다. 지금 와서 문득 궁금해진다. 그때 언니는 아무런 혼란이 없었을까?

　권민선은 네다섯 무렵 한글을 뗐다. 팔십년대였고, 우리 동네가 부자 동네는 아니었으므로, 지금과 달리 그 나이에 한글을 안다는 것은 꽤 특별한 일이었다. 그래서 천재까진 아니더라도 영재 정도로 여겨졌다. 우리는 유치원 대신 '백

마체육관'에 다녔다. 언니는 거기서 늘 원아 대표로 글을 읽었다. 조금 더듬거려도, 단어의 뜻을 몰라도 글자를 읽을 줄 안다는 것 자체가 특별했기 때문이다.

그런 영특한 언니가 초등학교 1학년 때, 학교에서 '띠'라는 걸 배워왔다. 열두 가지 띠가 있고, 태어난 해에 따라 다르다는 걸 알게 된 것이다. 자신이 닭띠라는 사실을 알게 된 언니는 가족들의 띠도 궁금해졌던 모양이다. 어느 날 언니가 물었다.

"아빠, 아빤 무슨 띠야?"
"응. 아빤 혁띠야."
"어어? 혁띠?"

어린 언니는 혼란에 빠졌다. 혁대도 아니고 혁띠. 동물로 띠를 한다고 했는데 혁띠는 뭘까? 그런데도 아빠는 아무런 설명을 덧붙이지 않았다. 그래서 한동안, 언니한테 아빠의 띠는 미궁 속에 빠져 있었다.

사실 이 일화는 우리 가족의 단절을 보여주는 좋은 예이다. 아빠는 개그라고 말한 거겠지만, 초딩(사실 국딩) 1학년에게 혁띠 유머는 너무 어려웠다. 그런데도 못 알아들은 상대에게 아무런 설명도 하지 않았다. 물론 개그에 부연 설명을 하면 이미 망한 개그가 되어버리지만.

어쨌든 지적 호기심을 가지고 관심을 표현한 언니에게 그날의 '혁띠 사건'은, 가족 간 대화의 완벽한 실패 사례로 남았다. 어쩌면 이런 일화가 오래 기억되는 건, 애초에 우리 부녀 사이에 대화가 드물었기 때문일지 모른다. 겨우 하나 물어봤는데 알게 된 사실, 우리 아빠 띠는 혁띠.

결론을 말하자면 아빠는 용띠이다. 어딘가 용 무늬 혁대가 존재할 수도 있겠지만, 어쨌든 혁띠 아닌 용띠.

3월 3일 ― 에세이

없는 생일

생일 없는 동물은 없다. 이미 태어났는데 어찌 생일이 없을 수 있나. 다만 생일을 모르는 건 가능하다.

우리집 동거묘, 철수(여)는 2011년 봄에 태어났다. 스트리트 출신이라, 정확한 생일은 모른다. 그래서 효*랑 내가 임의로 3월 3일로 정했다. 솔직히 철수에게 생일이 무슨 의미이겠냐만, 동거 인간들은 기어코 기념하고만 싶었다.

엄마가 다니던 제책 공장에서 밥을 주던 고양이, 이쁜이

---

* 권민경의 안사람 이효영.

가 낳은 철수. 공장에서 일하던 아주머니들이 말을 많이 시킨 탓으로, 지금까지도 아주 수다스럽다. 정황상 2월 말에서 3월 중순 사이에 태어났으니 네 생일은 3월 3일이야. 왜 하필 3월 3일이냐면, 인간들이 기억하기 쉬우니까.

이 얼마나 막무가내인가.

생일에 잔치라도 하면 좋으련만, 그런 건 없다. 그냥 간식을 더 주는 정도일 뿐. 노묘가 되어, 이제 간식 주는 것도 조심스럽지만 말이다. 그렇지만 앞으로도 우리 가족에게, 더 많은 생일을 축하할 행운이 따르길 바란다. 기념일, 버스데이, 온갖 인간적인 세리머니. 그런 이벤트의 연속으로 세월이 흐른다. 난 이것저것 다 귀찮아하는 편이지만 3월 3일만큼은 매년 더 소중히 기억할 예정이다.

언젠가 효에게, 철수가 삼십 년은 더 살았으면 좋겠다고 말했다. 그러곤 곧 걱정스러워졌다.
철수는 장수하는데 우리가 먼저 죽으면 어쩌지?
효가 말했다.

거의 오십 년 묵은 고양이라면 나라에서 케어해줄 거야.

아, 복지가 더 좋아져야 할 텐데.

봄이고, 3이 두 번 들어가서 그런지 3월 3일엔 기분이 정
말 삼삼하다. 모두 축하받길 바란다. 없는 임시 기념일이
라도 만들어서.

3
월
4
일
―
시

중독 이벤트

일어나지 마십쇼 일어나지 마십쇼

숲에서 뱀이 기어나옵니다
벌이 쏟아집니다
심지어 말벌

때 없는 폭우 내리고
사랑에 빠집니다
한 우산 아래에서 빗물받이에서
동전을 줍습니다

연약한 마음이 깜짝 놀랍니다
설렘과 자극이 돋아납니다
앞뒤 없는 접촉 접촉성 알레르기
얼룩덜룩 두드러기

숨을 끊지 못합니다
외출 끊지 못합니다
나가고 나가고 나가 돕니다

삶의 외곽을 조심성 없이 헤맵니다
하지 말라면 더 하는
청개구리 개골개골
겁주는 사이렌

우리의 만남은 함정과 선물 그 사이
돌려돌려돌림판

가능성에 독이 묻어 있습니다
사랑에 목숨 건

도박사들 모두 제명에 못 살았습니다

그러니 제발 아무 일도 일어나지 마십쇼
봄이 와도 월요일 와도 개구리도 당신도
일어나지 마십쇼

양서류 개구리목

경칩이다. 경칩에 개구리 이야기하는 건 좀 물리고 지겨울 수 있지만, 나는 유혹을 떨쳐내지 못했다. 개구리 이야기를 하라고 깔아놓은 판을, 이 좋은 기회를 놓칠 수 없었다. 삼백육십오 일 중 단 하루뿐인, 2026년 3월 5일, 오늘은 경칩! 나는 개구리가 좋다.

'개구리가 좋다'라는 발언은 일종의 고백일까? 사실 싫어하는 동물이 없긴 하다. 내가 뭐라고 그들을 싫어하나. 인간이라 미안한 일뿐인데.

지금 사는 곳으로 2019년에 이사를 했다. 이 도시는 그때

막 열렸다. 원래는 그야말로 산골이었다. 나는 일산읍 원주민으로, 이곳저곳을 옮겨 다녔지만 주로 고양시 안에서 살았다. 그럼에도 '향동'이라는 곳은 입주 신청을 하면서 처음 알게 되었다.

원래 향동에는 맹꽁이가 많이 살았다고 한다. 이사 초반에도 맹꽁이 소리가 자주 들렸다. 아직 공사가 완전히 끝나지 않은 상태라 그랬을지 모른다. 몇 년이 흐른 지금, 맹꽁이 소리는 많이 잦아들었다. 그 소리는 어디로 갔을까?

생각할 것도 없다. 결국 내가 쫓아낸 셈이다. 다른 동네 이야기지만, 맹꽁이 소리가 너무 시끄럽다며, 누군가 서식지에 세척제를 뿌린 사건의 뉴스를 본 적이 있다.

그렇지만 이건, 내가 가진 너무도 사적인 고통이다.

어릴 적, 3월이 되면 동네 아이들은 올챙이나 개구리를 잡아서 갖고 놀았다. 나는 개구리를 만질 수도 있고 무서워하지도 않았지만 잡지 않았다. 이유는 단순했다. 내가 아픈

게 싫어서였다. 아이들이 갖고 놀다 옆구리가 터져 피 흘리는 올챙이. 그대로 버려진 그들의 모습이 아직도 떠오른다. 상처를 딛고 개구리로 자라났을까? 나로선 영영 모를 일.

내가 싫은 건 남도 싫어할 거라는 마음, 내가 아닌 존재에 대한 조심스러운 감정은 아주 어릴 때부터 품고 있었다. 아마도 나는, 어릴 때 내가 푸대접을 받았다고 생각했던 것 같다. 이런저런 슬픔 속에서 나는 그러지 말아야겠다고 다짐했는지 모른다. 어쩌면 특별한 계기 없이 근원적으로 예민한 성질이었을 수도 있지만.

사람들이 너무 섬세하지 못해. 왜 그런 거야?
그런 의구심.

누군 아이들이 잔인하다고 한다. 학습되지 못한 상태, 혹은 사회화가 덜 된 상태라 폭력적이란 뜻일 것이다. 그런데 아이들만 폭력적일까?

'나는 개구리가 좋다'가 고백이라면, '나는 평화주의자가 아니다'도 고백이 된다. 아니, 고백보다는 고해에 가깝다. 나는 폭력에 민감하다. 그래서 상대가 먼저 실례를 범한다면 가만 참지 않는다. 결국 난 내가 입는 상처가 싫을 뿐, 그래서 남에게도 조심하는 것일 뿐. 결코 평화주의자는 아니다. 너그럽지 못하다는 점, 그게 내 고통이며 약점이다.

개구리 이야기하려다 어찌 이렇게 되었는지.

개구리야. 봄이다. 이왕 튀어나왔으니 최대한 잘 지내다 가자. 나도 이왕 세상에 튀어나왔으니 사는 날까지 시끄럽게 울어보겠다.

3월 6일 — 에세이

눈물의 결혼식

죽지 않고 살아 있으면 기념일은 매년 온다. 누군가에게 기념일은 무척 중요하다. 결혼기념일도 그러하다. 그런데 나는 결혼기념일을 자주 까먹다못해, 며칠인지조차 헛갈린다.

효랑 나는 2016년 3월 6일에 결혼했다. 사귄 지 구 년 되던 해에 결혼한 것이다. 연애를 오래하다보니 주위에서 언제 결혼하냐고 지겹도록 물어왔다. 사주를 볼 줄 아는 나는, 앞으로 어떤 해들이 다가오는지 알고 있었고, 그래서 대충 병신년丙申年에 하겠다고 말했다.

병신년은 너무도 금방 와버렸다. 3월에 결혼한 이유도 간단했다. 비수기였기 때문이다. 3월 초엔 결혼식장 대관료도, 신혼여행 비용도 비교적 저렴했다. 결혼식 준비는 거의 내가 다 했다. 사실 누가 도와줬다 한들 내 성에 차지 않았으리라. 나는 '모 아니면 도'인 성격이다. 아예 안 하거나, 하기로 했으면 제대로. 싸고, 합리적이면서, 그렇다고 부족하지도 않은 결혼식을 하고 싶었다. 꿈도 야무져.

결혼식이 삼 개월 정도 남았을 때 (예비) 시댁에 갔다. 결혼 준비에 관해 이야기하다 눈물을 쏟고 말았다. 시댁 어른들은 어떤 격려의 말씀을 해주셨던 것 같은데 말이다. 회사 다니면서 준비하려니 신경쓸 것도 많고 성질대로 안 돼서 좀 짜증이 났었던 것 같다.

그때 당황하신 아부지의 얼굴이 기억난다. 내가 결혼을 파투 내고 도망갈까 봐 걱정되셨던 걸까? ……그랬을 리가. 하지만 남의 눈물 앞에서, 그저 어쩔 줄 몰라 당황하는 모습만으로도, 나는 나름의 존중과 공감을 읽는다. 달래고 싶지만 방법은 모르고, 울지 않았으면 좋겠다는 마음이 묻어나는— 그런 호의를 바탕으로 한 시그널. 인간의 감정 표현 방식은 진짜 다양하다.

아부지는 젊은 시절, 잠깐 여고 교사로 일하신 적 있다. 그런데 무슨 말만 하면 아이들이 울어서, 결국 사직하셨다 했다. 그 시절에도 눈물에 당황하셨을지 궁금하다. 그리고 학교를 파투(?) 내고 도망친 쪽이 학생이 아니라 아부지 쪽이었던 것도 재미있다. 아무리 좋은 직업이라도, 결국 내가 할 수 있는 일과 하고 싶은 일은 따로 있는 법이다.

고대로부터 내려온 비밀의 신전이 있다고 가정해보자. 그 문을 열기 위해선 특정한 모양의 석상을 맞춰 넣어야 한다. 사람도 그렇다. 저마다의 성질에 딱 맞는 자리에 몸을 맡기면 좋을 것이다. 그러면 미래가 열리는 기분이 들지 않을까. 물론, 그건 운이 좋았을 경우이고, 단번에 맞는 석상을 찾기는 쉽지 않겠지만.

이 결혼 생활에 몸을 맡긴 지 십 년째다. 어영부영, 2026년 3월 6일에 결혼 십 주년을 맞는다. 사는 동안, 효의 위인스러움(?)은 계속 새로 발굴되었고, 나의 바보스러움은 함정처럼 수시로 발동되었다. 효의 좋은 점들은, 구 년을 연애하고도, 십 년을 함께 살지 않았다면 끝내 몰랐을 것들이다. 왜냐하면 효는 나랑 달리 공치사하거나 잔소리하는 사람이 아니기 때문이다. 말해 뭐 할까. 시간이 지나야만 알게 되는 것들이 많다.

2016년 3월 6일로 잠시 돌아가본다. 결혼식 날, 보통 가족들이나 당사자들이 눈물을 흘리곤 하지만, 우리 가족은 아무도 울지 않았다. 나도 울지 않았다. 울기는커녕 아주 신이 났다. 그런데 나 대신 울어준 사람들이 있었다.

우선 우리 부부의 대학 동기이며 제일 친한 친구 소설가 송지현. 그는 그날 사회를 맡았다. 처음 사회를 부탁했을 때부터, 그는 좀 걱정했다. 자기는 남의 결혼식에서 꼭 운다면서. 그는 스스로 예고한 대로 사회 보며 중간중간 눈물을 짰다.

눈물을 흘렸다고 증언한 또다른 사람은 회사 동료였던

근혜씨였다. 나는 결혼식에서, 유쾌한 내용이라고 생각하며, 효와 처음 사귀게 된 날에 관해 쓴 에세이를 낭독했다. 근혜씨는, 그 글이 감동적이어서 눈물이 났다 했다. 그는 내가 퇴사하기 한 달 전에 입사했으니 친한 사람도 아니었는데 결혼식에 와주었다. 보태어, 감동적이었다는 평까지 남겨주었다! 어찌나 감사한지. 연락처라도 알면 책이라도 보낼 텐데……

삶의 많은 행사엔 눈물이 수반되고, 결혼도 예외는 아니다. 그렇지만 원래 눈물이 많은 내가 결혼 당일에 울지 않은 건 나 스스로의 결혼식 준비 위원장이었기 때문이다.

이 지긋지긋한 것에서 드디어 벗어나는구나. 축제로구나. 오래 준비했던 대형 행사를 끝낸 대행사 직원처럼(물론 이 행사의 의뢰인은 나 자신이었다) 속시원하고, 뒤풀이에서 생맥주 원 샷 해야 할 거 같은 후련함. 눈물은커녕 신날 수밖에. 참고로 우리 가족에게 나는 평생 천덕꾸러기였으므로, 결혼식은 그야말로 잔치였다.

결혼식 준비 위원장을 마친 지 벌써 십 년. 그런데 또 결혼 십 주년 준비 위원장을 해야 할까. 이 글을 쓰고 있는 나는 솔직히 좀 고민이다. 그래서 마감이 아직 멀었는데, 벌써 이 글을 쓰는 중이다. 꼼수가 떠올랐기 때문이다. 나의 시의적절이 출간되면 그걸로 십 주년 기념식을 퉁 치자고.

이 얼마나 나태한 준비 위원장인가. 역시 감투는 안 쓰는 게 맞다. 그래도 당신과 더불어 눈물 없는 기념일을 보낼 수 있을 거 같다. 석상 대신 이 책을 우리 삶의 슬롯에 꽂으며.

3
월
7
일
—
에
세
이

3
월

봄 폴더

나는 발표한 글들을 연도와 계절 이름을 붙여 폴더에 정리한다. 내가 등단한 것이 2011년 봄이니, 폴더명은 '2011년 봄'으로 시작된다.

믿을 수 있나요? 십오 년이 흘렀다니요? ……정말 당혹스럽네요.

3월은 흔히 무언가를 시작하는 달로 여겨진다. 나 역시 그랬다. 내가 2011년 봄 폴더에 담아놓은 시들, 그리고 처음 내보였던 글들도 대부분 그해 봄호, 그러니까 3월에 발표되었다. 새삼 깨닫는다. 내가 어떤 시절에 무언가를 시작했구나. 생각보다 또렷한 시작이구나.

백야나 극야의 나라에서 사는 게 아닌 이상, 매일매일 해가 뜨고 진다. 익숙한 나의 위도 때문이었을까. 나는 똑같은 하루를 지나쳤다 여겨왔었다. 돌아보니 지난 시간이 폴더처럼 제각각 분류되고 있었는데.

당신의 삶은 어떻게 분류되어 있습니까.

당신은 문득 컴퓨터 안의 폴더명을 들여다본다. 당신의 폴더는 아주 실용적이고 사무적인 이름일지 모른다. 혹은 누군가 보낸 압축 파일의 이름을, 그대로 쓰고 있을 수도 있다. 어째서 폴더명 같은 데에 의미를 부여하는지, 역시 시인 나부랭이란, 하고 웃을 수도 있겠다.

어떻게 생각하든 상관없다. 나는 실은, 교훈적인 글을 별로 안 좋아한다.

처음 글을 발표한 뒤로, 어느덧 십오 년이 흘렀다. 나의 처음이 2011년 봄 폴더였던 것처럼, 이 책이 독자와 나의 첫 만남, 우리들의 시작이 될 수도 있겠다. 말하자면, 이 책은 나와 당신이 함께 열어보는 어느 시절의 봄 폴더이다.

3월 8일

— 에세이

쉬는 시간도 때에 따라

나에게 새 학기는 늘 부담스러운 시기였다. 그런 마음을 담아 쓴 청소년 시가 있다.

쉬는 시간도 때에 따라*

학생이라면 무조건 쉬는 시간을 좋아할 거라 착각하지 마세요.

새 학년 학기 초엔 안 그래요. 반에 제대로 친해진 친구가 없을 때, 쉬는 시간에 멍하니 있으려면 뻘쭘해

---

* 권민경, 『고양이가 사료를 아드득 까드득』, 쉬는시간, 2025.

요. 내 짝은 다른 반에 더 친한 친구가 있다고 가 버리고. 그렇다고 친하지 않은 애들한테 말 걸 정도로 뻔뻔하진 않아요. 아니, 뻔뻔하다기보다, 자신 없어요. 넌 이디서 굴러먹던 애니? 라는 눈빛을 보내면 어떻게 해요? 사람마다 친구를 사귀는 데 걸리는 시간은 제각각, 나는 남보다 오래 걸리는 기분인데, 결국엔 친구가 생길 거라는 걸 경험했는데, 새 학년 새 학기엔 좀 뻘쭘, 아니 많이 뻘쭘. 세상엔 E만 있는 건 아니니까, 학기 초 쉬는 시간은 마냥 즐겁지만은 않아요.

어른이 되어 좋은 점이 꽤 많지만, 그중 하나는 혼자 뭔가 하는 게 어색하지 않다는 점이다. 이제 '혼밥'도 '혼놀'도 잘한다. 그렇지만 어린 시절에는 혼자 지낸다는 게 어찌나 굴욕적이고 부끄러운 일로 여겨졌는지.

초등학교 때 나는 무척 심약한 아이였다. 예쁘지도 않았고 활달하지도 않았으며 몸치였다. 공기놀이도 고무줄도 못했다. 공부는 곧잘 했지만, 반장을 할 만큼의 인기는 없었다.

1990년도 백마 국민학교 2학년 4반 반장 선거에서 나한테 한 표 준 친구 누구니. 처음으로 말하지만 고맙다. 그런데 소심했던 나는, 남들이 내가 스스로 투표한 거라 생각하면 어쩌나 걱정했어, 야. 왜냐면 정말 딱 한 표만 받았으니까.

내게 그나마 친구다운 친구가 생긴 것은 사춘기 무렵부터였다. 그 시절 나는 심약한 아이에서 염세적 청소녀로 진화해 있었다. 지금 생각해보면 오히려 그런 띠꺼운 태도가 묘한 매력 포인트가 된 거 같다. 이른바 고독을 질겅질겅 씹는 느낌. 중이병의 속성에서 이른바 오타쿠적인, 매니악한 부분이 너무 두드러지지 않으면, 그것도 봐줄 만한 개성이 되는 모양이다. 물론 무리생활하느라 숨겼지만, 그때도 난 매니악한 취미를 갖고 있긴 했다.

내 삶은 그런 아이러니 속에 흘러갔다. 친구를 바라면 오지 않고 바라지 않으면 저절로 생긴다. 첫 시집 계약이 늦어져서, '내가 시집 내려고 시인 됐냐, 됐다!' 하고 마음먹자 계약하자는 연락이 왔던 것처럼. 그때 연락주신 분들께, 거의 십 년이 흐른 지금, 감사 인사드린다.

……반장 투표 한 표 건도 그렇고, 어째 사례의 장이 되어 버렸다.

누군가에게는, 새 학기뿐 아니라 학창 시절 자체가 힘든 시간일 수도 있다. 훗날 돌아보면 아무것도 아니니 이겨내라고 말하기엔, 당시엔 정말 아무것이 맞다. 번데기처럼 참고 견디라고 하기에도, 지금 당장 삶아져 번데기탕이라도 될 거같이 공포스럽다는 것도 안다. 쓸데없이 공감 능력이 뛰어나 자꾸 어릴 때로 돌아간 것처럼 나는 괜스레 가슴이 시리다.

우리가 감히 남의 고통을 대신할 수 있을까? 3월 1일의 시에, 빛을 전하고 싶다 말했지만, 우리는 얼마나 미숙한가. 고무줄이나 공기놀이, 수학과 과학보다 훨씬 어려운 것이 위로와 격려일 것이다. 그리고 그것이 진짜, 학교에서 의무적으로 배워야 하는 것들이고.

아무리 생각해봐도, 나는 그럴 깜냥이 안 되는데 늘 운좋게 살아남았다. 요령도 없고 미숙한데 말이다. 불행들 사이에 끼워져 있었던 미묘한 행운의 책갈피. 반장 투표 때 받은 유일한 표 같은 것.

누군가한테 새 학기를 견디는 일은, 이제는 잊힌 사소한 시련일 테지만 어떤 사람에겐 아찔한 슬픔으로 오래 남는다. 그런 슬픔을 병이라 한다면, 달리 대답할 바는 없겠다. 그렇지만 미묘하게 삐뚤어진 점이 내 개성이 된 것처럼, 상흔이 오래 남는 것 또한 나의 개성이다.

당신은 당신의 개성대로 살아가도록. 운좋게, 좀더 밝은 모습으로 만날 수 있다면 좋겠지만 말이다.

3월 9일 一시

3월

월요일

영원히 해가 떠 있거나 밤만 이어지는 나라에서 사
랑을 잃고 있다 사랑을 식탁 위에 놓고 매일 섭취하려
노력하지만 희망은 있니? 우린 건강해질까?

그래도 사랑을 말해보려 해 그러려고 노력해 내일
은 꼭 일찍 일어나서 사람답게 살아야지 카페라도 가
서 밀린 일을 끝낼 거야 그런 지켜지지 않을 평범한
다짐처럼 사랑을 결심해본다 나한테 자주 부족한 것
햇빛이나 도파민 약을 먹어도 채워지지 않는

당신에게 나눠줄 수 있을까? 무엇을? 사랑을?—빛
과 아침을

그러나 나는 아침에 일어나질 못하니 당신은 영원

히, 홀로, 쓸쓸히, **출근하네**

영원을 수식하는 단어가 쓸쓸인지 홀로인지 불멸
의 당신인지

3월 10일 — 일기

이상한 기후와 마음

아침부터 흐리다. 뜬금없이 봄눈이 올라올 거란 전언. 카메라를 들고 나가려던 계획을 취소했다.

이 봄, 나는 마음을 나무에 비유한 사진을 찍고 있다. 주로 특이하거나 이상한 모양을 가진 나무들이다. 그 나무들은, 그렇게 꼬이고 비틀릴 때까지 얼마나 많은 바람을 맞았을까. 폭설이 온다는 소식도 언어가 아닌 몸으로 먼저 느꼈을 것이다. 그런 것들을 생각하면 마음이, 그야말로 이상해진다. 진눈깨비가 내려 바닥이 질척해진 흐린 날의 기분처럼, 괜히 쓸쓸한 것이다.

때로 나무는 가지치기를 당해 이상한 모양이 되기도 한다. 사람의 개입 없이 자라났다면 나무는 눈에 띄지 않는, 보통의 건강해 보이는 나무가 되었을까. 스스로 뒤틀리고 굽어진, 이상한 나무가 되었을까. 하지만 건강하다는 건 뭔지, 이상하다는 건 뭔지, 모를 일이다. 어차피 보는 사람의 기준일 뿐. 장차 어떻게 될지도, 모를 일이다. 그저 현재의 형태를, 현재의 마음으로 본다.

나는 사진을 찍으며 지금의 나를 진찰한다.

흐린 오늘. 내 마음은 나를 빠져나와 바깥에서 홀로 버틴다. 이상한 성장을 이겨내며.

3
월
11
일
―
시

날씨와 육묘장

누군가에겐 희소식이 누군가에겐 비보

당연한 걸 말하기 위해 태어난 건 아니다
이왕이면

나는 분다 세차게
갑작스레 내린다

당연한 걸 배배 꼬아 말하는 게 작가라면서요
그럼요 점쟁이 같죠?

어쩌면 세상 모든 직업이 닮은 것처럼 느껴져서

선대를 통계 내기 위해
역사를 읽는다 소설을 듣는다
바쁘다 바빠 현대사회

유명한 데엔 이유가 있고 당연한 것도 그러하다 내
가 쓰는 글은 이렇게 될 수밖에 없다고 그럴 수밖에
없는 것들도 있다고 생각하다 자신을 의심한다 변명
이나 핑계 대신 신념을 키우고 싶다

내 안에 신념의 육묘장을 차려놓았는데 아직 싹도
나지 않았다 내일 할일
죽지 않고 하루 더 살아갈
구실

변명처럼
아직 날씨를 정확하게 맞추지 못하지
슈퍼컴퓨터를 넘어 원자 컴퓨터로

가능성 불가능성 사이 구녕
그건 점쟁이의 영역?

오늘의 운세를 즐겨보는 과학자도 있다 과학의 반
대말이 미신은 아니다
신념은 어느 빈칸에서 자라날까
언제든 어디서든

신의 뜻대로 나 자신의 의지로

천둥번개 소환하기 씨앗에 물 주기 밀린 책 읽기 백
과사전 찾아보려 메모했던 목록 훑기 몸 배배 꼬지 말
고 정좌하기 기타 등등으로
늘어나는 미래의 할일들이

우박 같아

3
월
12
일
─
에세이

손톱과 오해, 그리고 색깔들

연말을 병원에서 보냈다. 연초부터 3월까지 집에서 칩거 중이다. 왜 그렇게 추울 때 수술했냐는 말을 들었다. 어쩔 수가 없었다. 술 약속만 안 잡으면 연말이 제일 한가하다. '따뜻해지면 만나'라는 인사가, 그냥 하는 말이 아니게 되었다. 진짜 따뜻해지면 만나자. 새 책과 새 글을 들고. 조금 더 반가운 얼굴로.

수술 후 겨우 자리에 앉을 수 있게 되자 이런저런 일을 했다. 다 나은 줄 알았는데 몇 시간씩 앉아 있는 건 일렀는지 상처가 쑤셔서 다음날은 통으로 누워 있기도 하면서. 어쨌든 느리게라도 회복되었다. 그게 중요하다.

그 시간 동안 주로 글을 쓰고, 편집했다. 아무와도 만나지 않아도 난 뭔가를 하고 있었고, 그걸 통해 내가 여전히 누군가와 연결돼 있다는 믿음으로 추위를 견뎠다. 따끔따끔한 상처도, 마찬가지로 잘 견디고 있다. 물론 빨리 나아서 술 마시러 가야겠단 생각도 들지만.

고백하자면, 내가 어떻게 시를 쓰는가에 대해, 말하면 말할수록 난감하다. 등단 초기에는 시건방지고 자신 있게 쓸 수 있던 '어쩌고저쩌고 미주알고주알'이, 이후 십오 년 내내 흔들렸다. 하지만 그땐 그게 전부인 줄 알았다. 나는 문예창작과를 졸업했지만 원래 소설 전공으로 입학했다. 시 습작기가 짧은 편이라 모르는 게 더 많았을 터다. 그러니 시론을 청탁받으면 배운 것, 알던 것, 믿던 것을 써냈다. 거기엔 나의 '순진한 시 엑기스' 같은 게 담겨 있었다.

요새도 글쓰기에 고민이 많다. 쓰고 싶은 내용이 바뀌면 쓰는 형식도 달라져야 한다. 그렇다고 이전에 쓰던 방식을 아예 버리는 게 아니라, 하던 작업을 바탕으로 더 적합한 형식을 찾아야 한다. 그런 기본적인 문제로 씨름중이다.

나는 인과관계를 별로 믿지 않는다. 이전에 일어난 일 때문에 필연적으로 다음 일이 일어나는 것은 아니라 생각한다. 다만 그동안 쌓여왔던 시간이나 경험은 언제든, 어떤 형식으로든 작업에 영향을 미친다고는 생각한다.

이미 재료는 주어져 있다. 하지만 누가 그걸 다루냐에 따라 전혀 다른 결과물이 나온다. 같은 재료로 만드는 요리, 같은 주제로 그리는 입시 그림같이 말이다. 내 안에 다 있는데, 다 주어졌는데 이걸 어찌 다뤄야 하나. 그런 생각을 하다보면, 입시 미술 하던 고삼 시절이 떠오른다. 지지리도 못 그렸던 내 그림. 그렇다고 어떻게 해야 잘 그릴지 고민하지도 않던 나. 입시 미술이 지겨워 참을 수 없던 게으른 감정이 생각난다.

마흔이 넘은 지금, 내가 능숙하지 않다는 생각이 들 때 여전히 자괴감이 든다. 그러나 고등학생 때와는 달리 묘하게 즐겁기도 하다. 그 즐거움은 아직 할일이 있다는 것, 미션이 주어졌다는 것에 대한 기쁨일 것이다. 그러니까 지루함과

상반되는 어떤 지적 활기? 가능성만 있고 결과는 없는 상태가 오래되면 분명 좌절하겠지만, 그래도 지금은 뭔가 해낼 수 있을 것만 같은, 근거 없는 자신감? 이것이 봄을 맞는 마음일까?

*

애써 만들어놓은 것, 애써 믿어온 것들을 배신하며 앞으로 나아간다. 카멜레온처럼, 뒤로 물러섰다 앞으로 나아갔다 하며 조금씩. 한 시간에 0.9km를 간다는 나무늘보처럼 느리게. 그게 시가 변화하는 속도라 생각하며.

*

고전 게임 '대항해시대'에는 나무늘보가 괴수로 등록되어 있다. 과거의 탐험가들에겐 낯선 생물체가 무시무시한 괴수처럼 보였다. 실은 순하고 취약한 동물이지만 나무에 매달리기 위해 발달한 손톱 하나 때문에 두려움의 상징으로 왜곡될 수도 있다. 그러나 때론 오해로 생긴 이상한 이미지를 고치지 않고 놔두는 것도 나쁘지 않다.

덧붙여, 카멜레온은 감정 상태에 따라 몸의 색이 변한다. 두려움을 느끼면 어두운 색, 검정에 가까운 고동색이 된다. 내 수술 자국이 지금 그런 색이다. 시간이 지나면 옅은 색, 분홍에 가까운 빛깔이 될 거라는 걸, 경험을 통해 안다.

아니라도 어쩔 수 없다. 나는 하릴없이, 최선을 다해 상처 치유 연고를 바르고, 결국 어떤 색이 되더라도 받아들일 수밖에.

나는 약하지만 강하다고 오해받으며 잘살고 있다. 조금씩 치유되는 상처를 갖고 있고 조금씩 시가 변한다. 앞으로도 나를 괴수로 여기든, 희귀 생물로 받들든 마음대로 하시라. 내 시의 색깔 또한 마음껏 오독해주시길. 나는 다만 느리게 걷고 매번 변하는 시의 색깔을 고민하며 살겠다. 서로 만나길 바라지만 떨어져 있는 시간이 귀한 것도 그 까닭이다.

그리하여 이 글을 통해 연결되자. 봄날 다시 만나자.

3월 13일

─

편지

월간 친구생활 3월호[*]

송사리(송지현)에게

사리야. 서간집을 내자고 말한 게 3월 8일이었는데, 생각보다 훨씬 빨리 첫 글을 쓴다. 원래 3월 말이 마감이었는데 말이지. 아마 할일은 많은데 제대로 되는 일이 별로 없기 때문일 것이다. 넌 이상하게 보겠지만, 나는 역시 뭔가를 쓰며 스트레스를 푸는 모양이다.

알다시피 나는 작년부터 올해까지 끊임없이 책을 내거나

---

[*] 2024년 3월에 쓴 글임을 밝힌다.

만들고 있었잖아. 특히 동인지 내는 건 정말 소수의 사람만 알고 있고. 그걸 만드는 건 어디에도 알릴 수 없고 허무한 일인데도 멈출 수 없는 행위인 듯. 지금 이상한 판형의 책(물론 오타쿠 동인지)을 인쇄 맡겨놓고, 잘 나올지 어떨지 벌벌 떨고 있는 중이라 더 그런 생각이 든다.

나는 언제부턴가, 글을 쓰는 것 말고는 인간으로서의 기본 기능을 포기한 게 아닌가 싶다.

방 치우고 몸 씻는 일조차도 제대로 못 하게 됐다. 말이 되나? 하고 싶은 것만 하려 드는 삶. 효가 없었으면 난 기본적인 생활도 영위하지 못했겠지. 물론 효가 날 위해 희생한다기엔 우린 서로 보완하는 관계이지만, 솔직히 효는 나 없어도, 맘 편히 잘 살 거 같거든. 청약 통장도 쓸 줄 몰라서 고시원에서 살지언정.

나는 혼자선 기본적 생활을 못 하니, 결혼 안 했으면 결국엔 노부모의 보살핌을 받으며, 서로의 정신과 인내심을 갉아먹었을 거 아니냐. 그건 정말 무서운 일이다.

그런데 내가 빨래도 설거지도 안 하며 얻는 게 뭔지 생각해보면 이 또한 허무해진다. 불세출의 명작을 만들 거 같지도 않다. 죽어서도 이름을 남길 것 같지 않아. 그러니까 효가 하는 행동은 그냥 인간 권민경의 뒤치다꺼리에 불과한데 이대로 괜찮나 싶다. 난 좀더 가치 있는 무능력자가 되고 싶은데.

하. 난 왜 좋아하는 것 외엔 아무것도 하기 싫어진 걸까. 뭔가에 몰두하는 것은 재능일지 모르지만 좀더 가치 있는 몰두자가 되고 싶다는 뜻이야. 뭐든 할 수 있지만 뭐든 하기 싫다. '하고 싶다'란 욕구는 인간을 얼마나 변화시키는지……

내겐 친구라 부를 수 있는 사람이 몇 없고, 이효영과 송사리가 그중 가장 큰 비중을 차지하고 있으니, 이번에는 두 사람을 중심으로 3월의 망한 친구생활을 써보았다.

머리 모델*을 하고 있지만 어떻게든 인간답고 어른다운 생활을 이어가는, 사리의 모습을 축복하며. (허허. 문장으로 쓰려니 구질구질.)

권만 씀.

+ 추신. 월간 친구생활을 내주는 데가 없으면 독립 출판을 해야 할까? 요즘, 표지 만드는 데 재미 들였네.

+ 아무래도 이 글은, 서로에게 쓰는 형식의 키티 일기장이 되어버릴 것 같다. 내가, 님은 하나도 관심 없는 혼잣말만 하는 거 같으면, 날 공개 저격해도 좋다.**

---

* 당시 송지현은 돈이 없어 머리카락 시술 후 사진을 찍는, 헤어 모델을 하고 있었다.
** 송지현은 마감에 치여, 영원히 답장을 쓰지 못했다.

3
월
14
일
—
일
기

봄밤

자기 전에 시를 쓰고 자야겠다고 생각한다. 춥고 맑은 봄밤이다. 베개는 자주 꿈이 아니라 내 시 쪼가리를 견뎌냈다. 핸드폰 메모장이 등불이었다. 누군가 위에서 내려다보면 핸드폰 불빛에 비친 내 얼굴이 하얗게 달떠 있을 것이다. 시와 꿈이 얼마나 같고 다른지 생각하다 계절이 바뀌었다.

꿈을 자주 꾸는 편이다. 꿈은, 잠은 소중하다.

손이 떨리고 잠이 안 오는 것은 정신이 과민한 상태와 비슷하다. 나는 흥분하면 자주 왼팔이 저리다. 뭐가 문제예요? 왼팔이 몹시 저린 아빠는 병원에 갔고 협심증 판정을

받았다. 심혈관에 스텐트를 몇 개 박아놓고는 옴짝달싹 못
하고 똑바로 누워 있었다. 그때 아빠는 꿈을 꿨는가? 나는
모른다.

　모르는 새 잠든다. 까무룩. 그리운 흰 얼굴. 나는 휴대폰
빛이 밝힌 내 얼굴을 상상한다. 너랑은 많이 다를 거야. 나
는 괜스레 애틋해진다. 애틋한 건 네 얼굴인가 내 얼굴인
가? 시와 꿈이 같은 것인진 알 수 없다. 너와 내가 비슷한지
도 알 수 없다.

3
월
15
일 ―
시

무리와 생활

안전하고 상냥한 사람들 속에서도 나는 아프다

아픔은 자연발생적이므로

자랑할 것도 꺼릴 것도 아닌

거기 놓여 있는
단층 주상절리
자연경관같이 두고두고
보러 가는 슬픔
지자체의 뜻과 달리 외면받는 아픔

선병질적인 아이들이 단복을 입고 놀러 왔네 견학
왔어

감정들 그냥 있다

다음 역 공덕이라 쓰인, 어제도
거기 있었을 팻말 문득
한자를 읽고
공덕은 공자의 덕이란 뜻일까
곱씹어본다

둥둥둥
변방의 북소리이자 뒷북 소리

님이 쓰고 싶은 글은 이미 님 안에 있어요
그러니까 그건 발명이 아니라 발견이랍니다

주제넘는 소리 쏟아내고 돌아가는 길

생활

축축한

의자

역시 지하철 좌석은 플라스틱이 좋겠다

3
월
16
일
—
단
상

조와 울의 왈츠

페르세포네야. 거기선 어떻게 지내니. 기왕 명계에서 지내는 거 어쩔 수 없으니 맘 편히 보내야지 않겠니. 나는 그런 방법을 연구하는 사람이다. 직업적으로는, 뭐라 표현해야 할지 모르겠지만…… 그러니까, 하계즐김이? 하계견딤이?

최상의 비효율에 몰두하며 남은 3월을 하나하나 깐다. 대충 맛만 보고, 하나둘 쓰레기통으로.

울이 반이거나 조가 반이거나. 혹은 일 년 울을 겪은 후에 육 개월 조.
불협화음.

왓 어 원더풀 월드.

효율적으로 보내야지. 적은 시간을 들여 가장 좋은 결과를,
겨울엔 울증이 많고 봄엔 조증이 많다는데. 일 년이 내겐
불규칙하다. 남들과 다르다. 이제 봄이구나, 그렇지만
이 봄이 가면 다시 돌아오지 않을까 두렵다. 바보지요, 바
보입니다, 그렇지만

너무 타박 마세요. 마음 편히 지낼 시간도 부족하오니.
직업은, 삶두려움이. 맘마도 먹었거늘, 늘 그렇게

3월 17일 一시

3월

알레르기가 하는 일

낡은 유리병에는 알약이 들어 있지

뿌리째 뽑혀 베란다로 옮겨진 민들레
씨앗은 하의를 벗은 채 만개했다
때와 장소를 모르니
내일 즙 내 먹을 거야

다시 헤엄칠 수 없어요
다시 태어날 수 없어요

마지막엔 힘껏 풍선을 불었다

우리의 폐가 힘껏 부풀어올랐네

빵빵한 자존감을 원해

달리는 버스도 멈춰 세울 수 있는

거대한 존재감을 바라

바람이 불고

머리끝에 달려 있던 고집들이

한꺼번에 날아오르면

몸을 활짝 피고 부피를 늘려가네

알레르기 알레르기 나는 투명한 무기를 가졌다

미친 듯한 기침으로

우연히 씨앗을 퍼트린다

멀리멀리

시속 백사십 키로메다의 속도로

3
월
18
일
─
에
세
이

시든, 꽃이든

내가 시를 써서 그럴까. 동음이의어나 말장난을 자주 떠올리는 편이다. 막상 떠올리고 보면 별로라 싹싹 지워버리지만. 예를 들어 이런 문장. 시에 대한 나의 열정이 시들면 내 인생도 시드나?

선물 받은 화분을 죽이고 난 뒤로, 나는 식물을 잘 키우지 않는다. 베란다에 내놓고 아예 까먹고 있다가 죽인 것이기에, 너무 미안했으므로. 그에 반해 전혀 기를 생각이 없는 것들은 아주 창궐한다. 고구마 싹이 난 것을 잊고 그냥 두었다가 정글이 된 적도 있다.

이것 또한 내 인생의 얄궂은 징크스인가. 내 의도와 상관없는 성장들. 번창들.

애정의 크기와 상관없이, 내 마음대로 되지 않은 것 중에 시도 있다. 꽃이 시들듯, 사람에게 관심을 주지 않으면 사랑도 시든다고 한다. 시도 그런 속성을 가졌다. 하지만 시가 시드는 건, 시 그 자체에 대한 무관심 때문이 아니라 세상에 대한 호기심이 사라질 때다. 시가 호기심도, 관심도 모두 포괄하는 더 상위 존재라 그런 걸지 모르겠다. 여기서 말하는 시는 '시편'이 아니라 '이미지'를 뜻한다.

학부 시절, 책 속의 옥타비오 파스, 가스통 바슐라르 선생들이, '이미지'야말로 세상을 포괄하는 최상위 개념이라 말할 때, 나는 속으로, '아, 또 왜 저래……' 했었다. 수학자들은 세상이 숫자로 되어 있다 하고, 물리학자들은 물리야말로 본질적 질서라 말하는 것처럼, 시를 숫자나 물리를 뛰어넘는, 신적 존재라 칭하는 것이, 그 분야 오타쿠 같아 보였기 때문이다. 그렇지만 모두의 말이 틀리지 않았던 것 같다. 더불어, 이제야 내 입장을 밝혀보자면, 이미지가 더 포괄적인 개념인 것 같다.

큰일이다. 너무 먼길을 와버렸다. 나는 이제 이교도가 되어 신성한 과학의 세계(보통 과학과 종교는 대치되는 것처럼 여겨지지만)로 돌아가지 못하나보다.

그럼에도 나는 세상 돌아가는 원리가 궁금하다. 사주도 물리 법칙도 흥미롭다. 우라늄이 다 같은 게 아니라 우라늄-234, 우라늄-235, 우라늄-238로 나뉜다는 것도, 어느 유튜브 영상을 보고 알게 되었다. 그렇지만 역시, 3월에 무슨 꽃이 피는지도 궁금하다. 매화나 개나리, 그리고 내가 모를 많은 꽃들. 개나리-234, 개나리-238.

시들지 않는 호기심이 내 시를 개화시키나? 세상에 내가 모르는 게 너무 많다는 건 천만다행이다. 아직 내 세상은 시들지 않았다. 나는 이걸 꼭 키워보고 싶다.

3월 19일 一시

매실과 나

매란국죽에서 매를 맡고 있습니다
어째서 4대 천왕을 그리 좋아하는지
네 개가 모여야 속이 편한지

그렇지만 아직 여물지 못해
세 개의 마음만 모였지
마지막 하나는 어떤 걸로 채울까

늘 매화나무로 불렀는데 정식 이름은 매실나무
매화에서 매실로 향하는 흐름

그러니까 매란국죽의 매화도 매실 아니다
매일이 익어서 매실이 될 수 있지만
아직 아닌 것처럼

나중에 청을 만들 것
잘 체하는 사람에겐 유용한
저장 식품, 식품이라기보다 필수품
하지만 섣부르다

때가 있다는 것은 희망일까 저주일까
기다리지 못하고 차마 기다리지 못하고

뭐가 그리 급하나요 같이 채울 것들 많은데
더 소중한 것 놓기 위해 마지막 한자리
당분간 비워둬요

나는 국내 4대 매화 중 오죽헌의 것밖에 보지 못했다
나머지는 시간이 기르고 있다
관념 속의 세 그루는 눈부신 정도가

마치, 미래

과거 현재 미래
나머지 하나는 내 자리

올해는 체하지 않길 바라는 마음을 4대 소원 중 으
뜸으로 꼽겠지만
이제 꽃피웠고 열매는 이르다
그러니 지금 제철

매화와 나

3
월
20
일
―
시

춘분의 능력

오늘은 괜스레 볕이 뜨겁고 증발하는 것들은 앞과 뒤가 없다. 번역 투로 얘기하고 밤을 새운다. 볕과 밤 사이가 너무 빨라 뜨겁다. 점점 더 속도를 올려 3월의 끝으로. 끝으로. 끝으로.

진동. 어떤 가수는 목소리로 잔을 깰 수 있다. 능력의 한계의 한계를 깨는 능력. 움켜쥔 잔에 소리를 따른다. 얻고 싶은 것을 위해.

얻고 싶은 것은 점점 길어지는 낮의 길이. 그건 이미 주어져 있지.

가지고 있는 걸 발견하지 못하는 것도 능력이지.

초능력의 반대가 있다면 바로, 그거. 그거. 그거.

초자연과 거리가 먼 몸, 증발하는 삶. 아주 마구잡
이로

3
월
21
일

—

에
세
이

봄의 노래

친구인 송지현은 동해의 한 아파트에서 살았다. 나와는 달리 슈퍼 '인싸'인 송지현의 집에는 많은 사람이 방문했다. 돌아보면 그의 집이야말로 관광지였다.

바로 그 동해 명소와 같은 아파트에서 찍은, 영화 〈봄날은 간다〉에 쓰였던 노래, 김윤아씨의 〈봄날은 간다〉는 내 노래방 십팔번 곡이다. 키가 비교적 잘 맞아서다. 물론 '연분홍 치마가 봄바람에'로 시작하는 백설희 선생의 〈봄날은 간다〉도 안다. 그러나 한 번도 불러본 적은 없다. 트로트는 담백하게 부르면 영 밍밍하고, 열심히 불러봤자 기교를 따라가지 못해 망한다. 그렇다고 다른 노래가 쉽다는 건 결코 아니지만.

〈봄날은 간다〉는 대★ 주현미 선생이 개인 유튜브에 올린
버전도 있으니 들어보시길 바란다.

나의 음악 취향은 놀랍도록 잡식이다. 오히려 동료 문인
들이 즐겨 듣는 인디 음악은 잘 안 듣는 편인데, 효나 송지
현을 통해 전도받는 수준이다. 마치 종교의 전파처럼.

내가 잡식성 음악 취향을 갖게 된 이유는, 어릴 때 우리집
이 가난한 동시에, 내가 ADHD 환자에다 미디어 중독자였
기 때문이다.

미디어 중독. 요즘 아이들에게 핸드폰은 너무 당연한 문
물이라, 정말 심각한 문제일 수도 있겠다. 많이 알려졌다시
피, ADHD는 소아청소년이 겪는 병이고, 성인 ADHD는
그 흔적이 남아 있는 경우를 말한다. 나는 성인 ADHD 환
자로, 아마 어릴 때부터 ADHD를 앓았을 것이며, 좋아하는
일에만 미친 듯 몰입하는 '과집중'형 환자이다. 이는 미디어

에 중독되기 십상인 조건이다.

문제는, 우리집이 가난했다는 점이다. 우리집엔 흔한 비디오는커녕, 제대로 된 TV도 없었다. TV가 한 대 있긴 했지만 고장이 나서 흑백으로 나왔고, 그마저도 짜장면 가게 홀에 놓여 있었다. TV를 마음껏 볼 수 있는 환경이 아니었다. 손님이 다른 채널을 보고 싶어하면 양보하고 물러나야 했다. 뉴스 좀 틀어보란 말이 어찌나 싫었던지.

집은 가난했지만, 엄마는 고상한 걸 희구했다. 그래서 책을 전집으로 사주었다. 더불어 불법 리어카에서 사온 것이지만, 클래식 테이프를 들려주었다. 플레이어는 낡은 금성 카세트 라디오뿐이었지만, 나는 충실하게 몰두했다. 그와 동시에, TV를 보기 불편한 환경이었음에도 〈가요톱텐〉을 필두로 한 음악 방송도 열심히 챙겨보았다.

그러니까 나는, 조용필의 〈Q〉에 눈물을 훔치면서, 리스트의 〈사랑의 꿈〉을 듣고도 같은 반응을 보였다. 어쩌면 그게 나의 정체성이리라. 섞이고 짬뽕된 것. 가볍고 속된 것.

클래식 중에서도 '세미클래식'이라고 칭해지던 곡들을 들으며, 그에 따른 이미지를 상상하길 즐기던 애. '다시는 울지 않겠다'라는 〈Q〉 가사에 역으로 눈물을 쏟던 아이. 어린것이 뭘 안다고.

초등학교에 들어가 글을 읽을 수 있게 되자, 집에 있던 책을 읽고, 읽고, 또 읽다못해, 백과사전까지 반복해 읽었다는 것을 덧붙인다. (나는, 다행히 책을 통해서도 미디어와 비슷한 정도의 도파민을 얻는 인간이었다.)

초등학교 고학년 무렵, 우리집 사정이 나아져 비디오도 생기고 컬러 TV도 샀다. 그렇게 '책과 카세트 라디오의 시절'은 막을 내렸다. 그리고 시간이 조금 더 흘러, 기나긴 컴퓨터 전성시대가 시작된 것이다.

어쨌든 더 많은 미디어가 날 찾아오기 전, 중독적으로 읽었던 책들은 내 삶에 큰 도움을 주었다. 노래들도 내 정서 함양에 한몫했을 것이다. 그를 토대로 시를 쓰고 있으니 말이다. 그러니 그 시기를 놓쳤으면 큰일날 뻔했다. 우리집이 하필 가난했고, 엄마가 자기는 안 읽어도 자식에게 책을 사 줬으니 망정이지!

*

'봄 노래'야 많지만, 멘델스존의 무언가 중 〈봄의 노래〉도 손꼽히는 곡이다. 그 곡도 내가 즐겨 듣던 세미클래식 테이프에 들어 있었다. 토셀리의 〈세레나데〉 바로 앞 트랙에. 멘델스존은 피아노 협주곡 1, 2번이나 바이올린 협주곡 E 단조 같은 명곡을 많이 남겼지만, 내겐 역시 〈봄의 노래〉의 작곡가로 각인되어 있다.

그래서 요샌 무슨 노래를 듣냐면. 기나긴 K-POP 아이돌곡의 점령기가 끝나고 다시 클래식의 시대가 도래했다. 역시 유행은 돌고 도는 것 같다. 계절이 돌고 돌아 다시 오는 것처럼, 자연의 섭리라는 듯.

근래엔 어릴 때와 달리 오케스트라 연주 위주의 클래식을 듣고 있다. 미디어 중독의 위험이 커진 시대지만, 잘 이용하면 좋은 점도 많다. 어린 시절, 집에 카세트 라디오밖에 없어서 듣는 음악의 범위가 제한적이었던 것과 달리 공평하고도 손쉽게 다양한 음악을 찾아 들을 수 있으니까. 그렇지만 어린 내가, 요즘 같은 환경에 놓였다면 역시 위험했을지도 모른다. 엄마 아빠도 일히느라 바쁘니, 나는 심한 유튜브 중독에 빠졌을 거다.

작년에는 커다란 피아노 국제 콩쿠르 몇 개가 같은 해에 열렸다. 원래는 잘 겹치지 않는데 코로나 탓이다. 나는 콩쿠르를 유튜브 생방송으로 시청했다. 새삼 놀라웠다. 이렇게나 멀리 떨어진 곳에서 열린 대회를 집에서 볼 수 있다니. 프라하에서 텍사스, 브뤼셀에서 고양시 우리집.

그렇지만 열심히 콩쿠르를 찾아보다 문득 의심스러워지긴 했다. 혹시, 나, 경연 중독이 된 걸까?

많은 중독을 들어봤지만, 계절 중독이라는 말은 들은 기억이 없다. 내가 봄에 중독된다면, 어떤 증상을 보일까? 별거 아닌 노래 가사에 눈물을 쏟을까? 봄바람이 무섭다던데, 자꾸 밖으로 나가게 되는 걸까?

……아닐 거다. 봄바람이 들어도, 나는 집안에서 할 수 있는 일만 할 거 같다. 눈물이야 뭐, 밥 먹는 것처럼 예사로 흘리더라도.

내 봄 풍경은 이러하다. 몇 년 전까진, 봄만 되면 음악 사이트에 〈벚꽃 엔딩〉이 흩날렸던 것처럼, 나만의 봄 노래 차트를 주야장천 들으며, '집콕'을 할 것이다. 동해의 그 아파트. 유명 관광지나 다름없던 친구의 집과 달리 우리집엔 찾아올 손님도 없다. 이런 삶에 음악은 정말 좋은 친구이다.

3
월
22
일
—
단
상

쓰는 인간

시 쓰는 일에 몸이 더 중요할까, 마음이 더 중요할까. 둘 다 중요하다는 걸 최근에서야 알았다. 그동안은 한쪽에 쏠려 있었다. 어떨 땐 몸에 어떨 땐 마음에. 확실히 구분되는 게 아닌 건 알지만 나는 자꾸 한군데로 쏠려 살았다.

살았다─라는 말은 몸과 마음이 함께한다는 말.

몸이든, 마음이든 갖추지 못하면 살지 못한다는 뜻.

연약한 몸이 연약한 마음을 감싸고 있어 서로 조심하고 돌봐야 한다. 마음과 몸이 부둥켜안고 웃고 우는 걸 생각한다.

봄에,

작은 촛불이 탄다.

3월 23일 —시

봄 메아리와 트로이메라이

나는 교육받고 양성될래요 그리고 마침내 그것이
되겠어요

아름다운 얼굴을 가진 초록

못생긴 초록을 가진 연못

연못에 숨을 빠뜨린 거울

그것들이 씩씩하게 인사합니다

그것들은 싹싹하게 자주 웃고

악기를 만들기 위해 밑동을 찍겠지요

여기저기 피 흘리는 나무들

개머리판이 아니라 다행인가요 다행은 어디에도
없습니다만

상처 내고 상처를 후비고 후벼낸 곳에 알이 스는 일
상 배울 터예요

꺼야 꺼야 할 거야, 혼자서도 잘한 거야

일단 익히고 봅시다
두고 봅시다

마침내 커다란 묶음이 되어 아름답게 구전될 거예요
숲이라거나 계절, 아직 우거지지 않은 정체
널브러진 잔가지 속
나는 회초리의 정령이 되어 영원히 살겠지요
그리하여 텅텅 울려요 남을 때리는 소리 그것 되려고

사람을 때리는 폭력
가슴을 때리는 시

기묘한 펀치 라인

3
월
24
일
─
에
세
이

말이 씨가 된다

어떤 사람들은 옛 연인의 생일을 비밀번호로 쓴다. 미련이나 다른 뜻이 있어서가 아니다. 귀찮아서일 거다. 한번 익숙해진 것을 쉽게 바꾸지 못하는 사람이 많다. 내 어떤 비밀번호에는, 확실히 옛 덕질의 흔적이 남아 있다. 편하고 익숙해 그런 거지만, 익숙한 그 숫자들이 돌올하게 느껴질 때가 분명, 있다.

3월 24일은 과거 SM엔터테인먼트 소속이었던 육인조 아이돌 그룹, 신화가 데뷔한 날이다. 나는 이 날짜를 비밀번호로 쓰지 않지만, 아직도 0324라는 숫자를 전화번호나 비밀번호에 사용하는 사람들을 안다. 지금은 일종의 '완덕' 상태이지만, 과거에 함께 신화를 좋아했던 사람들과 여전히 연락을 주고받는다. 그들과 신화 이야기를 할 때면, 마치 젊은 시절 알던 지인 소식을 나누듯 자연스러워진다. 덕질을 그만두었다고 해도, 신화는 여전히 내게 고마운 존재다. 그들 덕분에 처음 글을 쓰기 시작했기 때문이다. 그에 관한 이야기는 3월이 지나고 나중에 다시 이야기하고 싶다.

신화의 팬클럽 이름은 신화창조다. 나는 신화 덕분에 창조적인 일을 시작했으니, 결과적으로 꽤 적합한 이름이 되어버렸다. 역시 언령*이라는 게 존재하는가? 물론 모든 신화창조 출신이 '창조'를 하고 있는 건 아니겠지만.

그런데 창작을 창조라고 할 수 있는지? 세상에 새로운 이야기가 없듯, 새로운 이미지가 없을 텐데. 나는 정말 뭔가 새로 탄생하게 할 수 있는지?

언령에 대해서 수긍하는 만큼, 자꾸 사소한 단어에 천착

---

* 말에 깃들어 있는 신령한 힘을 나타내는 표현으로, 일본어에서 유래되었다.

하게 된다. 일종의 직업병이라면 직업병이겠다.

*

1998년 3월 24일. 갓 데뷔해 몸이 부서져라 춤을 추던 신화의 모습은 지금도 생생하게 그려진다. 이제 신화 멤버들은 마흔 중반을 넘어 후반을 향해가고, 능구렁이가 된 지 오래다. 하지만 능구렁이가 된 건 신화만이 아니다. 나도 마찬가지다. 그래서 나는 현재의 신화가 아니라, 과거, 어린 그들의 모습을 떠올리며 격려를 해보는 거다.

에고, 고생이 많다. 열심히 살아라.

그 말은 곧, 덕질을 처음 시작했던 2001년, 스무 살의 나, 그리고 그 이전까지는 아이돌 음악을 경멸하던 나에게 전하는 말이기도 하다.

열심히 살아라. 함부로 자만하지 말고. 세상에 '절대'란 없으니, 절대 확신하지도 말고. 넌 잘살다가도 언제, 어디서 함정에 빠질지 모른단다. 사랑도 그런 거 아니겠니. 함정에 빠지듯 그렇게 빠지는 것. 그러니 아무것도 함부로 무시하지 마. 말이 씨가 된다. 네가 무시한 대상이 언젠가 네 사랑이 될 수도 있어. 알았니?

*

응. 알았어요. 언니.

……스무 살 권민경은, 마흔다섯 살의 권민경을 아주머니라 부르려다 언니로 고친다.

제가 언니라고 불러도 되나요?
응. 그래라.

마흔다섯 권민경은, 상관없다. 아주머니든, 이모든, 그 무엇이든. 나는 호칭에 갇힐 만큼 단순하지 않다.

옛날에 좋아했던 아이돌이나 지나간 시절의 나. 모두 아는 사람들같이 느껴져 지인처럼 말하게 되는 것이다. 좀 주제넘을지 모르지만.

3월 25일 — 시

3월

해결 불가능한 봄

나는 이미 많은 봄을 말했다
당신을 내 가슴이 찢거나
당신을 당신 가슴이 찢거나

거 말이 되는 소리를 하셔야죠
맞지요 언어는 규범인 것을 알지만

더이상 가슴을 찢는다는 표현을 쓰지 않겠다, 선언
했건만
그러고 나니 모든 말을 잃었다
그리하여 조각난 말들만 저들끼리 무리 지어 다니고

저 흉포한 들언어 무리
우리를 공격할지 모른다

그러므로 봄을 표현할 방식을 찾기 위해
나는 봄의 두 빈칸 속에 머물렀다
ㅂ은 이층 침대 겨울이 위층에 머물러 번잡했고
ㅁ 안은 외로웠다 관처럼

모든 것은 자연히 물러가고 자연히 사라지고
그러다 언젠가 다시 돌아오지

나는 내가 사라지거나 봄을 표현할 방법이 사라져도
세상의 질량이 동일하다는 게 믿기질 않았다

믿는 자들은 복되도다 ―

― 복되어라
피가 섞이지 않은 직계 조상이여

시의 자매들이여 내게
방법을 알려주세요
봄을 말할 수 있게 해주거나 찢긴 가슴을 봉합해주
세요

나 외엔 모두가 봄을 본다 나는 시선을 피하다 그만
주저앉는다

봄의 슬픔, 그 이유는
실은 내가 ㅂ과 ㅁ을 떠받친 ㅗ이기 때문인데

그건 자신이 신의 재림이라 말하는 것과 같다
욕먹어 싸다

3월 26일 ― 에세이

행복, 촌스러운 말[*]

행복은 정체가 뭘까요. 어디에서 오는 걸까요.

그걸 알면 제가 이러고 있겠습니까. SNS 카드 뉴스에서 행복에 대해 떠드는데, 아무리 봐도 그게 뭔지 잘 모르겠습니다. 게다가 행복이란 단어는 어쩐지 낯간지럽게도 느껴집니다. 시에 쓰면 촌스러울 것 같고 막 그렇습니다. 그래도 당신에게 제가 겪은 행복에 대해 말해봅니다.

2006년 3월부터의 짧은 한 시기에 관한 이야기입니다.

---

[*] 문예창작과 후배들을 위해 쓴 글.

그때의 저는 지금이 인생에서 가장 행복한 시절이라는 걸 직감했습니다. 보통은 다 지나고 나서야 지난 시절이 도화 시절이었다는 걸 아는 게 일반적인데도 말이지요. 아마 그 전까진 평생 행복의 감각을 제내로 느끼지 못했었기에, 역으로 그 낯선 감정을 민감하게 받아들인 걸지 모릅니다.

고등학교를 졸업한 후, 다니던 대학을 자퇴하고 집에서 근 오 년을 놀았습니다. 그리고 스물다섯에 서울예대에 입학했습니다. 늘 외롭고 흔들리는 마음으로 살아왔기에 처음으로 좋아하는 일을 한다는 게 참 즐거웠지요. 돈이 없어 일주일을 오백 원으로 버틸지언정, 좀 불편했을 뿐 고생스러운 건 몰랐습니다.

돈도 뭣도 없었던 그 시절이 행복했던 건, 마음 편했기 때문입니다. 처음으로 등 떠밀리지 않고 스스로 선택한 곳에 소속되어 있다는 점, 열심히 공부하지는 않았지만 매일 무언가를 '하고 있다'는 것 자체가 저를 충만하게 만들었습니다. 마음이 쫓기거나 강박에 시달리지도 않았습니다. 그냥 학교에 다녔습니다. 아마 주목받는 학생이 아니었기 때문에 열심히 하지 않았던 것일 수도 있습니다. 하지만 포기는 하지 않고 그냥, 다녔어요. 목표에 매달리거나 밤새 글을 쓴 게 아니라 단지 평온한 일상을 보냈던 것이지요. 그런데 우리, 보통은 그런 식으로 삶을 흘려보내지 않나요? 늘 열심히 살 수는 없으니까요. 그저 지내다보면 가끔 좋은 일도 일어나는 거겠죠. 저에게는 그 시절, 그 밍밍한 일상이 곧 행복이었던 것입니다.

어쨌든 당신과 나, 이왕 시작했으니 글쓰기를 통해 각자의 행복을 찾았으면 좋겠습니다. 대대손손 이름을 남기는 대문호가 되는 것도 누군가에겐 행복일 수 있지요. 하지만 어떤 사람에겐, 의식주가 안정된 상태에서 게임 방송을 보며 핸드폰 게임을 하는, 그런 게으른 삶이 행복일 수도 있겠습니다. (제가 방금까지 게임 방송을 보며 게임을 하고 있었습니다.)

행복을 좇아 게으름을 피우는 동안 경험한 것들이 저에게는 문득 도움이 되기도 했습니다. 집에서 히키코모리 생활을 하는 동안 취미로 시작한 인터넷 글쓰기가 결국 제 직업이 되었으니까요.

여러분은 혹시, 침체의 시기를 견디고 있지 않나요? 글쓰기에는 정해진 답이 없다보니 저는 늘 흔들리는 편이고, 지금도 슬럼프 시기를 지나고 있습니다. 물론, 이 시기는 나중에 돌아보면 전혀 다른 의미로 해석될 수 있겠지요. 하지만 현재로선, 힘듭니다. 여러분들도 각자의 이유로 힘든 일이 있겠습니다. 그래도 우회로를 찾는 동안, 다음이 오는 거겠죠? 아마도.

그냥저냥 시간을 보내고 있습니다. 이 시간이 헛된 것이 아니길 바라는 마음을 징표처럼 간직하고서요.

너무 열심히 살지도 말고, 그렇다고 다 놓지도 말라니. 말은 쉽지, 행복을 찾는 일은 정말 어렵습니다. 자꾸 흔들리는 자신에게 적응하려면 평생을 투자해야 할 것 같습니다. 그러니까, 이런 동병상련을 겪어야 하는 당신들에게 감히, 애정과 연민을 느낍니다.

행복은 정체가 뭘까요.

언젠가 당신이 행복해진다면 그 이야기를 듣고 싶습니다. 혹은 지금 행복하다면 그 이야기 또한 나중에 들려주세요. 우리는 무언가를 남기는 일에 일말의 행복을 느끼는, 동지들이니까요.

3
월
27
일

—

에
세
이

봄에 친구랑 영화 〈친구〉를 봤는데 결국 노루를 본 이야기

지영과 나는 초등학교 6학년 때부터 친구다. 그러니까 그는 '82년생 전지영'이다.

내가 일산신도시로 이사하면서, 우리는 중학교 때부터 떨어져 지냈다. 그러다 성인이 되어 재회했다. 오랜만에 만난 날, 지영이 영화관에 가자 했다. 친구끼리 시간을 보내는 흔한 방식이었지만, 나는 사실 영화 관람을 별로 좋아하지 않았다. 영화는 좋지만, 영화관은 별로라고나 할까. 그래도 오랜만에 만났는데 권하는 걸 거절하고 싶지 않아 그러자 했다.

그때 우리가 본 영화는 〈친구〉였다. 2001년 3월 말, 이제 막 개봉한 신작이었다. 지금은 없어진 '나운시네마'에 가서, 상영 시작이 얼마 안 남은 걸 무작위로 본 게 하필 〈친구〉였다. 남들에게 알려지기도 전이었다.

오랜만에 재회한 친구들이 볼만한 영화였는가? 영화의 내용을 떠올려보면, 그렇지 않을지도. 어쨌든 우린 서로에게 칼침을 놓지는 않았다. 물론 인간이 오래 교류하면, 서로에게 칼보다 날카로운 말을 꽂기도 하지만, 아직 서로의 마음에 치명상을 입히지 않다면 친구로 남을 수 있다.

그렇게 우리는 봄에 재회했다. 그 이후론 자주 보게 되었다. 만날 때마다 할 얘기가 참 많았다. 우리는 함께 유년 시절을 보냈던, 능곡에 있는 '너구리'나 '투다리' 같은 술집에서 만났다.

어느 날, 동네 친구들이 모인 술자리에서 누군가 지리멸렬한 이야기를 늘어놓고 있었다. 그때 지영이 툭 뱉은 한 마디.

"결국 노루를 봤다는 얘기네."

나는 그게 무슨 말인가 싶었다.

*

지영과 같은 고등학교를 다닌 남학생 K는, 나도 아는 아이이다. 초등학교 동창이었기 때문이다. 고등학생 시절엔 점심시간이 귀했다. 밥을 허겁지겁 먹고 나서 어떻게든 더 많이 놀고 싶었다. 어느 날, 그 바쁜 점심시간에 K가 숨을 헐떡이며 지영에게 달려와 말했다.

"야, 내가 뭘 봤는지 아냐."

그렇게 K의 장황한 이야기가 시작되었다. 어디 다른 지역에 갔다가 물을 건너고 산을 넘고, 바다를 지난 수준의, 기묘한 모험담. 거의 한편의 대서사시였다. 많은 사람을 만나고 별별 일을 겪었다고 했다. 심지어 간첩과 싸웠다는 둥, 지금 생각하면 어디까지가 진짜인지 알 수 없는 이야기

였다. K의 장황한 이야기는 연산되는 이미지처럼 꼬리를
물고, 끊어질 기미를 보이지 않았다. 참다못한 지영이 물
었다.

"그래서 결론이 뭔데?"
"어, 노루를 봤다고⋯⋯"

K는 노루가 있을 리 없는 곳에서 노루를 봤다는 놀라움
을 공유하고 싶었던 것 같다. 그런데 그 감정을 전달하기
엔 이야기가 너무 장황했다. 그후로, K가 정말 노루를 본 건
지, 아니면 비슷하게 생긴 다른 동물이었는지 궁금해하는
사람은 아무도 없었다. 내가 그 자리에 있었다면, 그러니까
MBTI로 따지면 'T'적인 시선으로 따져 물었을 수도 있지
만, 나는 거기 없었다. 그 자리엔 장황설에 지친, 전지영을
비롯한 능곡고 학생들이 있었을 뿐. 지영은 귀한 사십 분가
량의 점심시간을 빼앗은, K를 지목하며 외쳤다.

"쟤, 다구리 치자."

이 반응이야말로 영화 〈친구〉의 한 장면을 연상시킨다.

*

그래서 이 글의 결론이 뭐냐면, 우리는 지금도 누가 장황하고 핵심 없는 이야기를 하면, "노루는 봤냐?"고 외친다는 것이다. 이것은 전지영을 포함한 몇몇 친구들만의 밈이고, 나는 이걸 다시 주변 몇 사람 이효영, 송지현에게 퍼트렸다. 그렇지만 그뿐. 이 글도 결국 노루를 본 것 같다.

3월 28일 一시

봄의 메일

겨울의 길가에 눈사람을 세워놓고 왔다 봄엔

놓고 온 것에 대해 생각한다

봄볕 아래

자주 건너편을 떠올린다 녹아 없어진

선배 나는 사라진 목소리를 채우기 위해 나섰어요

그건 누구도 대체할 수 없는 것이었습니다

선배 그러니까 우리 살아 있는 한 열심히

쑥스러움도 낯가림도 잠시 잊고 소식 나눠요

내 일방적인 인사와 그에 답하는 친절에 감사하며

나는 우리가 잃어버렸을 목소리와 눈사람을 그려
본다
어떤 모양을 더 좋아할까
당신 마음에 늘 겨울을 고민하지만
어차피 내가 할 수 있는 일은 내 범위 안의 것

날 닮은 눈사람을 만든다
이 계절 눈 깜짝할 사이 사라질
허무한 외곽선 헤어지면
얼굴보다 먼저 잃어버릴 목소리

아마 그게 삶이겠지요?
우리 서로를 기억할 수 있는 동안 부지런히
빚어보고 그려봅시다

봄의 메일 끝에 눈사람을 세워두었다
불멸의 상징처럼 불쑥 솟아날 것이다

다시 소식 나눠요

3월 29일 — 편지

3월의 전당

언니. 또다시 편지를 씁니다.

당신을 귀찮게 하고 싶진 않아, 이번에도 이름 빼고 언니라고만 불러봅니다. 나에게는 세례명이 있고 언니도 갖고 있지요. 잠깐, 언니를 세례명으로 부르려다 그만두었습니다. 제가 냉담자라서요, 자격이 없네요.

저는 생각을 정리하거나 멍을 때릴 때, '생각의 연단'을 만들곤 합니다. 상상 속의 연단이니 누구나 부를 수 있지만, 부르고 싶은 사람은 한정되어 있습니다. 쉽게 만나 이야기할 수 있는 대상은 별로 떠올리지 않아요. 멀리 있거나, 그

립거나, 아무튼 말을 붙이기 힘든 대상을 청중으로 부르고 제가 '생각의 연단'에 서서 이야기합니다.

저는 좋아하는 사람에게도 표현을 잘하지 못하고 연락도 거의 하지 않지요. 대신 마음 가는 사람이 생각날 때, 그들을 향해 시를 쓰거나, '생각의 연단'에서 말 붙여보는 겁니다. '생각의 연단'이 있는 장소에는 달랑 의자 하나, 단상 하나뿐이지만, 이번에는 최대한 힙한 디자인으로 골라 두었습니다. 여기는 '3월의 전당'. 새순으로 꾸며보고 싶은데, 너무 장식적일까요? 너절할까요? 언니는 멋쟁이니까 뭔가 조언을 해줄 것 같습니다.

*

제가 '생각의 연단'에 누굴 부를 때, 자주 끌려나오는 분들은 대개 전문 분야를 갖고 있습니다. 저는 언니를 주로 추모의 장에 초대합니다. 그러니 언니는 저의 뮤즈일 수밖에 없는 운명일지도요.

저는 추모하지 않으면 좀 아픈 편이라서요. 인간은 왜 살아 있는 것들을 해쳐야만 살아갈 수 있는지 고민하며, 하루하루 내 삶에 죄의식을 느끼며, 그리고 먼저 이 굴레를 벗어난 사람들을 떠올리며, 언니한테 고민을 토로합니다. 이번에 연단이 꾸며진 이곳은 바야흐로 3월의 전당. 아름답고, 따뜻하고, 희망찬 계절. 그런데 우리는 추모하려 모였다니요.

미안합니다. 정말 미안해요.

하지만 이왕 모였으니, 역시 잘하고만 싶습니다. 언니, 어떻게 해야 좋은 추모를 할 수 있을까요? 어떻게 해야 사는 동안 최선을 다할 수 있나요?

어떤 진심은 오히려 대화를 방해하기도 합니다. 미사여구 대신, 아무 말도 필요 없을 때가 있지요. 그렇지만 우리는 어떤 식으로든 말을 다루지 않으면 덧나는 사람들.

왜 이렇게 되었을까. 아니면 왜 이렇게 태어났을까. 3월에 할 만한 질문은 아닌 듯합니다. 나의 시작과 끝에 대해 고민하기엔, 너무도 희망찬 계절이 아닙니까. 그렇지만.

언니. 우리는 어떻게 될까요? 현실에서 절대 이런 질문을 하지 않지만, 그러니까, 친구든 가족이든. 그 누구에게도 이런 말을 하지 않겠지만, '생각의 연단'에서는, 매일 묻고 있습니다.

언니, 우린 어떻게 될까요? 답이 없어도 그냥 내가 떠드는 장. 답도 없다는 걸 알면서 막 질문을 던집니다.

우리는 어디로 갑니까? 어떻게 되나요?

모르기에 열심히 추모합니다. 언제 어떤 모습이 되든, 아쉽지 않도록. 남을 위한 것처럼 보이지만 실은 나 자신을 위한 추모의 재단을 쌓고 있습니다. 내 삶의 통로에 떨어진 나뭇가지들을 그러모아 쌓습니다. 그러나 당장 제가 그 재단 위에 오르지는 않겠지요. 이 계절엔 나뭇가지에 물이 오르고, 마른나무가 아니니 불이 잘 붙지 않을 테니까요.

*

　냉담자라 해도, 어릴 적 성당에서 보고 들은 것들이 제 인생에 큰 영향을 미쳤습니다. 사실 요새도 유행가 부르듯 미사곡을 흥얼거려요. 여기저기 돌아다니며 기도를 해주던 레지오* 어른들도 떠오릅니다. 그들의 얼굴은 떠오르지 않지만 목소리나 기운만은 선명히 기억합니다.

　우리는 어떻게 됩니까, 라는 반복되는 질문은 레지오의 연령기도 같습니다. 박해를 피해 숨어살던, 일본의 숨은 크리스천의 변형된 기도, 오라쇼 같기도 합니다. 특유의 이상한 분위기. 이상한 음률. 한국의 것이 되거나 일본의 것이 된, 서양에서 온 기도와 말들.

　우리는 어떻게 될까요? 모르기에 염불 외듯, 기도합니다. 기도하는 도중에 미워도 하렵니다. 저는 냉담자이고 당연히 레지오 단원도 아니니까요.

---

* 레지오 마리애. 가톨릭 내 평신도 조직. 상가 방문 등 기도가 필요한 곳을 찾는 것은, 레지오의 주요 활동 중 하나이다.

그렇지만 지금은 3월. 생의 기운에 기대어 내일부턴 조금 달리 생각해보렵니다. 늘 추모의 장에만 언니를 초대했으나, 추모가 죽은 이뿐 아니라 살아 있는 생명에 대한 애정 표현이라면, 역으로 언니와 행복한 이야기를 하고 싶어졌습니다. 사랑 같은 것, 말랑한 마음. 그리고 따뜻함, 짧지만 강렬한 빛, 그런 걸 전하고 싶어졌습니다. 이 책엔 어둠의 비중이 너무 높은 건 아닌지 걱정이긴 하지만요.

그렇지만 3월은 아직 그럴 때이기도 하죠. 가지에 물이 오르지만, 쌀쌀하고, 심지어 눈도 내리는 계절. 내 마음도 그와 비슷합니다. 아무래도 저는 봄을 좀 슬퍼하는 편이지요. 하지만 다음에는 사랑을 담아 당신에게 안겨주고 싶습니다. 상상의 공간이 아닌, 현실의 광장에서요. 당신은 꽃다발보다 책을 훨씬 좋아할 테니까, 언니의 '힙함'을 완성시켜줄 아름다운 책을 안겨주고 싶습니다.

허락해주시겠습니까? 괜찮다면, 소리내 말하고 싶습니다. 바보 같을지언정. 사랑에 대해. 물론, 내가 말랑함을 전하겠다 마음먹어도, 어쩐지 제 버릇 개 못 줄 거 같지만요.

우린 어떻게 될까요? 어떤 빛을 마주하게 될까요? 그런 물음. 내가 그릴 수 있는 빛은 3월의 볕처럼 짧은 것. 내가 나눌 수 있는 건 고작 그 정도. 이 계절, 점점 길어지는 낮의 길이를 느낍니다. 그 속에서 기약합니다.

또다시 3월이 오면 만나요. 저는 약속을 지키기 위해 남은 계절을 살아갑니다.

3
월
30
일
―
소
설

왼손과 오른손[*]

"캐논이 무슨 뜻인 줄 알아요?"

내게 말을 건 사람은 낯익었다. 그렇지만 그의 이름이 '화정'인지 '정화'인지가 헷갈렸다. 나는 평소 사람의 이름이나 얼굴을 잘 잊었다.

퇴사 후 벌어놓은 돈으로 소일하던 내가 들어간 곳은 사진 기자 교육원이었다. 무료인 대신, 선발된 사람만 수강할 수 있었다. 잡지사에서 일했던 내 경력은 유리하게 작용했다. 1지망, 첫 시도에 합격한 것은 생애 최초였다.

교육원에는 꽤 다양한 인간 군상이 모여있었다. 이름이 헛갈리는 H도 그중 하나였다. H는 평소 먼저 입을 열지 않았다. 그렇지만 수업 시간에 강사가 지목하면 조리 있게 대답하곤 했다. 사진가나 사진 이론에 대해 꽤 잘 아는 것 같았다. 일자무식인 나나 다른 수강생들에 비하면 그랬다. 좀 우울해 보이고 사교적이진 못했으나 그렇다고 누굴 공격하지도 않았다. '지식인'인데 나대지 않아 다른 수강생들은 H를 호의적으로 생각했다. 그렇지만 나와는 별 교류가 없었는데 갑자기 말을 붙여 당황했다.

"캐논의 뜻, 몰라요?"

나는 니콘 브랜드 카메라를 썼다.

내 스승 격인 P 기자도 캐논 카메라를 썼다. 내가 개인 카메라를 구입하며 니콘을 선택한 이유는, 기자보다 예술가들이 니콘을 더 많이 쓴다는 P 기자의 말 때문이었다. 난 예술가가 될 생각이 없었으나 기자라는 자의식 또한 없었다. 다만 '더 많이'라는 말에 꽂혀 니콘 카메라를 샀다. 그렇지만 두 브랜드 모두 이름의 뜻까지는 몰랐다.

고개를 가로젓자, H가 말했다.

“관음이란 단어를 일본어로 발음한 게 캬논이래요. 그걸 영어로 표기해 읽은 게 캐논.”

“관음? 훔쳐본다는 뜻의 그 관음요?”

나는 카메라에 관음이란 단어를 붙였다는 것이 좀 징그러워 되물었다. H가 팟, 하고 웃음을 터뜨리더니 답했다.

“그거 말고. 천수관음보살 할 때 관음이요.”

“아, 관세음보살.”

“병태씨 맞죠? 듣고 보니 훔쳐본다는 뜻의 관음이 더 어울릴 거 같네요. 대체, 관음보살이 어떻다는 거지? 카메라 브랜드치고는 너무 거창한 이름 아니에요?”

“그렇긴 한데, 관음보살이 훔쳐보는 것과 아주 관련이 없진 않아요. 보통 천수관음이라고 해서 손이 많은 걸로 표현되잖아요? 그 손에 눈도 하나씩 달려 있어요. 천 개의 눈으로 세상을 보고 중생을 보살핀다고 해요.”

“엄청난데요? 손도 많고 눈도 많은 건가?”

“그리고 그 손에 중생을 보살피는 도구들을 들고 있어요.”

“……중생을 보살피는 천 개의 도구 중 하나가 카메라인 거? 그래서 캐논?”

나는 관음보살의 이미지가 탄생할 때, 카메라 따위는 없었을 거란 당연한 이야기를 꺼내진 않았다.

"그런데 병태씨는 어떻게 불교를 잘 알아요?"

H는 의외라는 듯 말했다. 나중에 안 사실이지만, H는 자기가 모르는 걸 아는 사람에게 강한 호기심을 보였다. 어떨 땐 '장하다'는 표정까지 비쳤다.

"엄마가 절에 다니셔서 『불광』이라는 잡지를 구독했거든요. 거기서 봤어요."

"불교 잡지가 있어요?"

"세상엔 별의별 잡지가 다 있더라고요."

"하긴, 그것도 그렇네. 그런 잡지들이 있으니 천 개의 도구 중 하나인 카메라로 우리 같은 중생이 먹고 사는 거겠지."

H는 캐논 카메라의 의미에 꽂혔는지 대화를 그쪽으로 귀결시켰다. 반말인지 존대인지 모를 어미를 구사하기 시작한 것은 덤이었다. H는 뜬금없이 말했다.

"그러고 보니 병태씨, 좀 스님 같은 이미지가 있다?"

나에겐 그 말이 관음보살이 카메라로 중생을 구한다는 말보다 엉뚱하게 느껴져, 웃고 말았다.

나는 다음날 출석을 부를 때야 H의 이름이 '화정'임을 확

인했다.

*

내가 사진기를 잡게 된 계기는 평범했다.

공무원 수험 공부를 접고 취직한 곳은 아버지 지인이 소개해준 작은 잡지사였다. 직원은 나를 포함해 다섯 명뿐이었다. 나는 수습 글 기자로 입사했다. 국문과를 졸업했다는 게 추천받을 수 있었던 유일한 경력이었지만, 나는 글쓰기엔 별 관심이 없었다.

우리가 만드는 건 스포츠, 정확히는 탁구 전문 잡지였다. 우리는 잡지 본연의 기능을 다하기 위해 취재했고 인터뷰했으며 가끔 지난 기사를 우라까이*하기도 했다. 그러나 다시 말하지만, 스포츠 잡지였고 대부분의 독자들은 나처럼 글에 큰 관심이 없었다. 우리가 열심히 기사를 써도, 독자들에게 이 잡지는 글이 곁들여진 화보집 정도의 의미일지 몰랐다.

---

* 기자들의 은어로, 남이나 본인이 쓴 기사를 틀은 그대로 두고 이름이나 장소 등만 바꾸는 일. 베끼기란 뜻으로도 쓰인다.

내가 막 수습 딱지를 뗐을 무렵, 두 개의 중요한 대회 일정이 겹치는 일이 있었다. 대회장은 지리적으로도 떨어져 있었다. 우리 잡지사의 유일한 사진기자였던 P는 더 중요한 대회로 향하며 내게 자신의 예비 카메라를 맡겼다.

"넌 아무것도 건드리지 마. 내가 다 세팅해놓았으니 그냥 찍기만 하면 돼. 아, 배터리가 빨리 닳으면 안 되니까 안 찍을 때 전원 끄는 거 잊지 말고."

나는 고개를 끄덕였다.

주말 출장을 끝낸 후, 나는 카메라와 메모리카드를 P 기자에게 되넘겼다. 내가 건넨 기재를 살피던 P 기자의 표정이 시시각각 심각해졌다. 나는 생각했다.

뭐가 망가졌나? 사진이 별론가? 정해놓은 설정이 풀렸나?

나는 카메라에 문외한이었기에, 세팅이 풀려도 쉽게 재설정할 수 있다는 것조차 몰랐었다.

P 기자가 물었다.

"어떻게 찍었어?"

"기자님이 시키는 대로 했는데요."

"시키는 대로?"

나는 정말 시키는 대로 했다. 미리 세팅한 그대로 찍었고 안 찍을 땐 카메라 전원을 껐다. 그뿐이었다.

훗날 P 기자는 말했다.

"초보들에게 사진 찍어오라고 하면 죄 같잖은 사진을 찍어오거든. 그러고도 자긴 할일 다했다는 거야. 경기하는 선수랑 탁구대가 나왔으니 장땡이라는 거지. 근데 사진은 그런 게 아니야. 사람들이 내 사진을 통해 피사체를 어떻게 볼지 기자 본인이 알아야 하거든. 아무튼, 다른 애들은 기본도 안 된 사진들을 가져왔지. 근데 넌 달랐어. 뭘 아는 것처럼 찍었어."

나는 여전히 내 사진에 대한 P 기자의 평가를 제대로 이해하지 못한다. 난 그냥 P 기자를 따라했을 뿐이니.

사진기자로서의 첫번째 출장 후 얼마 지나지 않아, P 기자는 내게 뜬금없이 사진 교본을 내밀었다.

"읽어봐라."

화소니 조리개니 셔터 스피드 따위의, 나로선 전혀 관심 없는, 카메라에 관한 이론적 설명이 가득한 책이었다. 나는 그 책을 읽지 않았다. 정확히 말하면 읽어보려고 잠깐 시도했으나 실패했다. 우리가 만든 잡지를 읽는 독자들처럼, 교재에 실린 사진 정도만 훑어봤다.

내 태도나 의견과는 상관없이 잡지사는 미래에 대한 계획과 희망에 부풀었다. 글 기자를 뽑았는데 사진까지 찍을 수 있다니, 여러 일을 도모할 수 있게 되었다 여긴 거다. 그런데 나는 몇 달 후, 일 년을 채우고 잡지사를 관두었다.

내가 성인 ADHD를 앓고 있다는 걸 알게 된 건 퇴사 후 한참 지난 어느 날.

"난 널 내 오른팔로 삼으려고 했어."

쓸쓸히 말하던 P 기자의 목소리가 종종 떠올랐다.

*

화정이 내게 캐논의 뜻을 물은 이유는 나를 경력 있는 기자라 생각했기 때문이었다. 내가 교류할 만한 가치가 있는 사람인지 판단하기 위한 일종의 테스트였다. 나는 캐논의 뜻을 몰랐지만 테스트를 통과했다.

그러나 화정은 사진기자엔 관심이 없었다. P 기자와 같은 캐논 카메라를 썼는데도 말이다. 화정은 '아티스틱한' 작업에 도움이 될까 해서 이 교육원에 등록했다고 했다. 그가 말한 '아티스틱'의 의미를 나로선 잘 알 수 없었다. 게다가 교육원 수업 내용은 문외한인 내가 보기에도 '예술'과 큰 관련이 없어 보였다. 오히려 P 기자가 내게 건네줬던 카메라 교본과 비슷한 느낌이었다. 전문적인 강사와 기자재가 마련되어 있는 실용적인 수업이었다.

그럼에도 화정은 이 수업에서 뭔가 얻어갈 수 있을 거라 말했다.

"사진 찍기의 기초적 메커니즘을 알면 예술가나 사진 작품도 제대로 이해할 수 있을 거야."

화정의 지망은, 예술가도 기자도 아닌, 기획자였다.

*

화정은 첫인상과 달리 수다스러웠다. 마음을 놓고, 더불어 말도 놓게 된 화정은 내게 떠들어댔다. 재능 있는 예술가들은 자기 분야에서만 천재적이고 다른 부분은 죄 바보 같은 경우가 많으므로 꼭 좋은 기획자가 달라붙어 지시를 내려야 한다고. 심지어 그들은 자신이 어떤 걸 천재적으로 하고 있는지 모를 때가 있을 정도라고.

"거의 자기 왼팔과 오른발이 어디 달렸는지 분간 못 하는 정도라니까."

그렇게 말한 후, 화정은 자신이 꽤 너그러이 평가한단 태도로 덧붙였다.

"하늘은 사람을 완벽하게 만들진 않는 모양이야."

그는 예술적 재능과 사회생활 능력은 별개라고 말했다. 화정은 확실히 현실 감각이 있는 편이긴 했다. 게다가 화정은, 문창과 출신이었다.

나도 국문과 출신의 기자였으나 화정의 글은 내 것보다 핵심을 찔렀다.

"시각 예술가들의 문제점이 뭔지 앎? 걔네들은 자기 작품 세계를 글로 설명하라고 하면 뭔 뜬구름을 잡아. 개념어, 한자어 잔뜩 쓰면 좋은 글이라고 생각하나봐. 그런데 합평에는 익숙하지 않아서, 글 좀 고치자고 하면 엄청 뻗대며 거만하게 굴더라. 자기 예술 세계를 건드린다나 뭐라나. 나는 그게 바보 같다 생각했어. 적어도 자기한테 도움이 되는 말인지, 아니면 그저 비난이나 딴지인지는 구분할 줄 알아야 하잖아? 근데 걔네는 피아 식별을 잘 못 하더라. 피, 아, 식, 별."

강조하듯 되풀이한 화정이 말을 이었다.

"그러니 공모전 지원서에 뜬구름 잡는 글만 우글거리지. 하고 싶은 말 선명하게 하는 지원서가 심사위원 눈에 뜨일 수밖에 없어."

화정이 자주 하는 말 두 개가 있었다. 그것은 '이빨을 깐다'와 '피아 식별'이었다.

화정은 종종, '하고 싶은 말 선명하게'라는 말을 '이빨을 깐다'라는 말로 바꿔 말했다. 결국 똑같은 뜻이었다. 설득하는 말, 사람을 혹하게 만드는 글. 자기는 그런 걸 쓸 수 있다고 했다.

비록 자신이 문창과를 졸업하고 글을 쓰는 사람은 못 됐지만, 이 기술은 어디서든 써먹을 수 있다고도 했다.

"그러니까 문창과에서 피아 식별하는 것도 배웠달까. 아니 배웠다기보다, 그건 감각 같은 걸지도 몰라. 문창과에서 재미있었던 건, 애들이 객관적이지 않다는 점이야. 뭘 공모전 최종심에 갔다던가, 입학할 때 수석이었다던가, 교수님이 칭찬을 한 번 했다던가. 아무튼 다양한 근거로 글 잘 쓰는 학생을 지정해놓고 그 명단에 포함된 사람의 글을 합평할 때는 좋은 말만 하거든. 근데 행동거지가 이상하거나 은근한 따돌림이라도 당하는 사람의 글은, 아무리 훌륭해도 좋은 평가를 안 해. 바보 같지 않아? 좋은 작품이라는 건, 그걸 창조한 인간의 과거와 상관없이 즉물적인 건데. 하긴 외부를 통해 작품을 판단하는 것이야말로 범부들의 기준일지 모르지만."

화정은 그래서 특정 사람이 객관적인가 아닌가를 들여다보며, 쓸데없는 딴지는 한 귀로 흘려버리는 연습을 했다고 말했다. 나는 화정이 어째서 문창과에서 작가가 되는 법이 아닌 그런 걸 배웠는지 의문이었지만, 그걸 지금 써먹고 있다고 하니 토 달지 않았다.

화정의 말은 허풍은 아니었는지, 화정이 공공기관이나 기업에 낸 예술 프로젝트 기획서나 지원서는 꽤 높은 확률로 선정되었다. 그러나 화정이 다른 예술가들과 진행했던 프로젝트는 늘 일회성으로 끝났다. 그건 남을 깔보는 화정의 본성 때문일 수 있었다. 화정은 깊게 알면 그다지 친교를 나누고 싶지 않은 스타일이었다. 물론 화정은 나와 달리 눈치가 빨랐기에, 쉽사리 본성을 드러내진 않았다. 처음에 과묵해 보였던 것도 그 때문이었다.

사람의 이름과 얼굴을 자주 까먹는 나. 타인에게 열광하지도 않고 반대로 극도로 미워하지도 않는 나. 열렬히 남을 비판하는 화정에 비해 내 취향이나 의견은 좀 밍밍했다. 내게도 호불호가 있었지만, 크게 화정의 취향과 반하거나 거스르진 않았다. 그 점이 화정의 눈엔 무해하게 보였던 모양이었다. 더불어 화정은 P 기자처럼, 내게서 어떤 가능성을 본 듯했다.

"난 병태씨가 마음에 들어. 실은 이병태란 사람보단 병태씨 작업이 좀더 가치 있어."

"고마워요."

나는 대수롭지 않게 대답했다. 화정은 내 반응을 마음에 들어 했다. 화정은 조금 무례한 자기 말에 크게 감정이 흔들리지 않은 예술가는 처음 봤다고 했다. 나는 예술가가 아님에도 말이다.

화정에 따르면, 예술가들은 종종 너무 예민해서 다루기 힘들었다. 내가 보기엔, 화정도 여느 예술가 못지않게 예민한 괴짜였다. 그렇지만 확실히 명민한 편이긴 했다. 자신에게 기획자적 재능은 있어도 예술가적 재능은 없다는 것을 자각할 만큼 똑똑했다. 재미있는 것은 화정의 이중적인 면모였다. 화정은 제 영리함을 틈틈이 뽐내고 싶었으나 자신의 기세에 눌리는 사람에겐 매력을 느끼지 못했다. 그러니 잘난 사람이 있으면 '아, 그렇구나', 못난 사람이 있어도 '어어, 그렇구나' 하고 신경쓰지 않는 내가 그의 입맛에 맞았을지 모른다.

그런 상황인데도 화정은 날 이렇게 평했다.

"병태씬 확실히 좀 이상해. 어딘지 좀…… 한 스푼 더 이상해."

"그게 무슨 말이에요?"

내가 기가 막혀 물었더니 화정이 말했다.

"일반적으로 예술가라 함은 좀 광적인 면모가 있잖아? 병태씨에겐 묘하게 광기가 빠져 있어."

암만해도 나는 예술가를 지망할 마음이 없었다. 그러나 농담삼아 물었다.

"그럼, 예술가로서 빵점이란 말인가요?"

"아니, 여타 예술가완 다르니까 오히려 차별점이 될 거 같은데?"

그가 무슨 말을 하는지 모르겠으나 욕은 아니라고 생각한 나는 그저 웃어넘겼다.

"아, 그렇군요. 참 고맙네요."

*

화정은 예술가란 남의 눈을 신경쓰지 않고 제 눈에 비친 세상을 마구 표출하는 존재라 했다. 그렇지만 화정은 예술가가, 자기 주제 파악도 제대로 못 하니 남에게 어떻게 보일지 구분하는 것이 가능하다 생각하는 것 같지도 않았다. 화정은 바로 그 점 때문에 이 세계에 홀려 있는 것이기도 했다. 머리로 계산하는 것이 아니라 감각적으로 포착한 순간이 중요하며, 그중 좋은 작품을 선별해주는 것이 영민한 기획자의 몫이라 여겼다.

화정은 나와 너무 달랐다. 나는 공무원 시험을 준비할 때, 아니 그 이전인 학창 시절부터 만사를 기계적으로 대해왔다. 목표 없이 하루 몇 시간씩 교재를 읽었다. 그래서 수험에 실패했던 게 아니었을까 생각했던 적도 있었다. 원대한 목표나 철저한 계획이 있었다면 성공하지 않았을까, 싶었던 거다. 하지만 나는 사진 찍을 때도 수험 공부할 때와 다를 바 없이 움직였다. 사진기가 내게 주어졌으므로, 다만 연속적으로 찍었다.

　P 기자와 함께 글 기자로 대회 출장 갔을 때, P 기자가 사진 찍는 모습은 몇 번이고 봐왔다. P 기자는 예술가가 아니었다. 그는 몸으로 사진을 찍는 사람이었다. 중요한 순간만 포착하는 것이 아니라 끊임없이 연사를 날렸다. 그리고 나중에, 연속된 사진 중에서 좋은 사진을 선별했다. 연차와 명성에 비하면 꽤 우직한 작업 방식이었다. 남들에겐 완벽한 사냥꾼처럼 보였지만, 치타나 표범처럼 빠르게 먹이를 잡는 맹수의 방식이 아닌, 마치 고래 같은 사냥 방식을 가진 것이다. P 기자는 쌍끌이 어선처럼 먹이를 집어삼켰다. 그러니까 나도 그와 똑같이 연사를 날렸다. P 기자가 그리 찍기에 당연한 줄 알았다. 그러니까 P 기자의 방식을 그대로 답습한 것은 맞으나, 그 방식 자체가 나랑 잘 맞았다. 어쩌면 내 삶 자체가 일관되게 기계적이었다. 그러나 사진 찍기는, 공무원 시험과는 달리 성공적이었다. 이상한 일이었다.

화정과 P 기자가 사진을 대하는 태도는 반대였다. 그럼에도 두 사람 모두 내 사진을 좋아했다. 이 또한 이상했다.

*

사진기자와 사진작가. 얼핏 비슷해 보이지만 다른 직업. 화정은 기획자로서 예술가인 나를 선택했다. 나는 화정의 인도로 여기저기 함께 지원서를 냈고 전시를 연달아 했다. 단 둘뿐인 우리 팀은 작게는 몇십만 원, 크게는 천만 원에 가까운 지원금을 받았다. 재료비 외에는 화정과 똑같이 나누었다. 물론 나는 만족했다. 하지만 만족 이전에 좀 놀랐다.

나는 그동안 자격의 세계에서 살았다. 그렇기에 이렇게 쉽게 자격과 지위를 얻는 분야가 있다는 것이 놀라웠다. 공무원 시험 가산점을 위해 딴 자격증이 두 개, 그리고 본 게임인 공무원 시험을 준비한 세월이 오 년. 그 시간 동안 뭘 얻었느냐 물어본다면 난 딱히 할 수 있는 말이 없다. 좀더 건강하고 긍정적인 사람이었다면 공부로 쳇바퀴 돌던 시간에서도 뭔가 얻었다고 말했을 테지만 내 깜냥이 그 정도는 아니었다.

예술가가 될 생각이 추호도 없던 나는 엉뚱하게도 사진작가라는 직업으로 소개되었다. 처음 가보는 곳에서 길을 잃고 골목을 헤매다, 우연히 신비의 야시장에 도착한 기분이었다. 휘황하고 눈부셨지만 동시에 어리둥절했다. 나는 정말 문외한이었기에, 이렇게 쉽게 작가라 불리는 게 이상했다. 기묘한 야시장에 도착하다못해, 다단계나 종교를 권유하는 황금빛 교주라도 만난 기분이었다. 우리 조상들이 이런 걸 도깨비에 홀렸다고 했구나 싶었다. 어딘지 형체가 없는 세상에 온 것 같았고 발밑이 불안한 느낌도 들었다. 그렇지만 나는 결국 상황에 순응했다. 이상할 정도로 무감한 게 내 장점이자 단점이었다. 화정과 나눈 대화도 불안을 잊는데 도움이 되었다. 추상이나 신비의 세계에 들어온 것은 나 혼자가 아니었다. 그 세계를 조망하는 동시에 조롱하는 존재가 있다는 것이 묘한 위안이 되었다.

"그러니까, 사람들은 서로 기대며 살아갈 수밖에 없어. 부족한 점을 보완하면서."

화정의 말은, 가끔 놀랍도록 도덕적이었다. 나는 그동안 착한 사람이 도덕적이라 생각했는데, 화정은 착하지도 않은데 도덕적인 편이었다. 신랄한 욕심쟁이도 그 욕심을 채우기 위해 도덕적 수단을 찾기도 했던 것이었다.

"그렇죠. 그래서 똑똑한 사람들이 재능 있고 순진한 사람들을 등쳐먹는 거고."

"그래, 맞아. 누군 그걸 약육강식이라고 부를 테지만, 다행히도 나는 나쁜 일엔 관심이 없단다."

나는 화정의 이상한 말투에 실소했다.

"웃어요? 하. 그렇지만 좀 웃기긴 해. 난 좀 시니컬하지만, 삶의 지향이 선량한 쪽에 맞춰져 있잖아. 이건 어릴 때 보고 배운 영향인지, 아니면 유전된 건지 궁금할 때가 있어."

"성악설, 성선설 그런 거요?"

"뭐 그렇게까지 철학적인 얘기는 아니고…… 나는 그냥 나쁜 짓을 해서 귀찮아지는 게 넘나 싫음. 만약 진짜 비도덕이 싫었다면 남들이 하는 것도 싫었을 텐데, 사실 남들이 하는 일엔 큰 관심 없거든. 아무튼 참 다행이지 않아? 똑똑하고 악랄한 사람들도 많은데 말이야. 만약 내가 악한이었으면 세상은 '살인 사진 전쟁'에 휘말렸을지도 몰라."

"……그건 또 뭔 말이죠?"

"그, 만화 같은 거 보면 종종 일어나잖아. 살인 야구, 살인 축구, 천하제일 무술 대회처럼 처음엔 사소했던 결투가 나중엔 대우주적 전쟁으로 발전하잖아. 그런 것처럼 사진으로 전쟁이 일어나지 말라는 법 없지.”

화정은 천연덕스럽게 말했다. 아무리 봐도 그는 괴짜였다. 그렇지만 매우 사회화된 괴짜로 아무에게나 함부로 이런 이야기를 꺼내진 않았다. 화정이 농담인지 진담인지 알 수 없을 엉뚱한 소리를 뱉는 상대는 그가 믿는 사람들뿐이었다. 시험이나 공모전보다 뚫기 힘든 화정만의 심사를 뚫고 그 바운더리 안에 들어간 사람 앞에서만 그런 소리를 뱉었다. 그렇지만 합격도 합격 나름이라, 그다지 가치 있는 합격은 아니었다.

*

그러니까, 핵심은 그것에 있었다. 화정은 삐딱한 사람이었다. 그래서 숨기려 해도 가끔 제 본성이 튀어나왔던 거다. 그러나 그날의 상황은 화정에겐 사고나 마찬가지였다.

“걔네는 다 내 괴뢰잖아요.”

여러 명의 팀이 선정되었던 작가 레지던시를 마무리하는, 예술가들끼리의 네트워킹 시간이었다. 화정은 외떨어진 곳에서 다른 팀 기획자와 이야기중이었다. 나는 내 사진에 대해 말하고 싶어하는 한 설치 미술가에게 불려가 있었다. 그러다 내가 돌아온 줄도 모르고 계속 말을 이었던 거다. 화정은 은근히 자신을 과시하는 것을 좋아했다. 그리고 그날의 자리는 깔린 멍석이나 마찬가지였다. 그동안 만났던 예술가들이 그저 화정의 괴뢰였다는 말은, 그러니까 그냥 농담, '저스트 조크'였다. 그게 진심이라는 걸 알면 남들이 자신을 재수없다 여길 것을, 화정은 잘 알고 있으므로 농담이어야 했다. 그런데 내겐 익숙한, 특유의 시니컬한 말투가, 순간 너무도 낯설게 느껴졌다.

그 말이 내 자존심을 상하게 한 것은 아니다. 내가 화정에게 실망한 것도 아니다. 사실 화정이 하는 말은 어느 정도 사실이었다. 설령 내게 어떤 재능과 완성된 작품이 있다고 하더라도 그걸 세상에 내보일 방법이 없었다면 아무것도 아닌 것이니.

비비안 마이어도 그러했다. 미국의 사진가인 비비안 마이어는 생전엔 이름난 예술가가 아니었다. 아니, 아무도 그가 예술가라 생각하지 않았다. 심지어 그 자신도. 그녀는 평생 보모 일로 생계를 이어가며 취미로 사진을 찍었다. 그렇지만 필름을 현상하지 않았다. 그녀는 자신이 찍은 결과물을 못 봤다.

비비안 마이어는 평생 독신으로 살았다. 그녀가 죽자 그녀 집의 온갖 잡동사니들이 경매에 나왔다. 마이어의 유품 중 필름 무더기를 사간 사람은 존 말루프란 사람이었다. 지역의 역사를 연구하던 학자였던 말루프는 헐값으로 구입한 필름 더미를 참고 자료 삼아 인화했다. 그리고 곧, 거기 찍힌 사진들이 심상치 않다는 걸 알아차렸다.

그러니까, 사진 전문가가 아닌 사람의 눈에도 이상한 것은 이상하고 굉장한 것은 굉장한 것이었다. 존 말루프는 비비안 마이어의 사진을 세상에 알렸다. 경매 시장에서 폐품처럼 취급될 뻔한 예술 작품이 우연히 살아났다. 아니 작품뿐 아니라 죽은 비비안 마이어까지 되살아났다. 끌려나왔다 하는 게 더 적당할지 모르겠다. 비비안 마이어는 아마, 유명해질 의지가 없었던 모양이므로.

어쨌든 화정의 말처럼, 생전 비비안 마이어는 똑똑한 기획자를 만나지 못했다. 죽어서야, 기획자라고 하긴 뭣하지만, 눈 밝은 젊은 학자를 통해 알려졌다.

그러니까 나는 기획자의 역할이나 예술가와의 팀워크 같은 것을 무시한 것은 아니다. 화정과 나 사이에 일어난 일은 그저 운이 나빴던 거다. 뭐든 잘 들어주고 잘 참아주는 나였지만 가끔 고집부리거나 양보할 수 없는 것이 있었다.

나는 군국주의나 제국주의가 싫었다. 그래서 괴뢰란 말도 싫어했다. 아마 화정이 다른 농담을 했다면, '뜻을 관철시키다'와 '이빨까다'란 말을 같은 뜻으로 사용했듯 괴뢰란 말 대신 꼬붕이란 말을 사용했다면, 오히려 아무렇지 않게 넘겼을 수도 있었다.

이런 엉뚱하게 까칠한 부분이 화정과 내 공통점이었을지 모른다. 사소한 것에 목숨을 거는 사람도 있는 법이다.

*

사소한 것이 전체 인상을 바꾼다. 이걸 탁구 잡지사에 다닐 때 배웠다.

사진기자 P는 이 분야뿐만 아니라 다른 스포츠 종목의 사진으로도 유명한 인물이었다. 글과 달리, 사진은 우라까이

할 수 없는 구석이 있었다. 그날의 경기를 담은 사진은 반드시 그날 안에 찍혀야 했다. 갓 잡은 따끈한 사냥감을 대하는 것처럼, 사람들은 갓 찍은 사진에 관심을 보였다. 크고 멋진 사냥감을 항해 몰려드는 선주민들처럼, 모두가 그 순간의 사진을 보길 원했다. 신문이나 잡지의 시대가 끝나가도 시각 매체의 힘은 여전히 강했다. 사진은 글보다도 즉각적이고 직관적인 언어였다.

사진에 대해 잘 모르는 사람들에게는 매번 똑같은 장면일 수도 있었다. 반복되는 대회장, 똑같은 탁구대, 비슷한 유니폼. 선수들이 바뀌어도 별 차이가 없는 풍경들이었다. 그러나 사람이 바뀌든 그렇지 않든, 인간이 매번 똑같은 표정을 지을 수는 없다는 사실은 예상보다 큰 차이를 만들었다. 심지어 프레임 안에서 공의 위치가 조금만 달라져도, 사진의 전체적 인상이 바뀌었다. 나도 점차 깨닫게 되었다. 그토록 작은 탁구공이 사진에 얼마나 큰 영향을 미치는지.

*

나는 바로 화정과의 연락을 끊지는 않았다. 그쪽에서 연락이 오면 간단한 답장은 보냈다. 그렇지만 그가 뭘 하자고 하면 전부 거절했다. 화정은 눈치가 빨랐으므로, 내 태도의 변화를 금방 알아챘을 것이다. 그렇게 미적지근한 관계가 두어 달쯤 이어지다, 화정에게서 메시지가 왔다.

—마지막으로 한번 만나서 밥이나 먹죠.

그 '마지막'이란 단어가 꽤 강렬해, 나는 오랜만에 화정을 만났다. 화정이 존댓말을 쓰고 있다는 것은 나중에 알아차렸는데, 한 박자씩 늦다는 게 내 병의 특성이다.

"병태씨가 나한테 어떤 불만을 품었는지 모르겠지만."

화정은 잠시 말을 멈추고 다시 이었다.

"그래, 뭐 원래 그러니까. 어쩔 수 없지."

화정은 짐짓 쿨한 척 말했다. 아마 이런 일이 너무 잦아 그는 '마지막'을 금방 알아챈 듯했다.

"그렇군요."

"한다는 말이 겨우 그렇군요-야?"

"화정씨가 문자로, 마지막으로 만나자 하셨으니까요. 서로 좋게 마무리하면 좋을 거 같아요."

화정은 좀 기가 막힌 표정을 지어 보이다 말했다.

"그게 문제라고. 뭐 보살이라도 되는 양, 해탈한 것처럼 아무 욕심 없다는 태도. 그래가지고 어떻게 성공하겠어?"

"전 성공하고 싶다고 말한 적 없는데요."

"그럼 왜 공무원 시험을 준비했어?"

"남들이 하길래 저도 그래야 하는 줄 알아서요."

"빡대가리 주제에……"

화정이 입을 삐죽거리며 중얼거렸다.

"네, 빡대가리는 그만의 삶이 있으니 화정씨도 행복하게 사세요."

"쳇, 빡대가리란 말은 취소야. 근데 좀 그렇다. 우리가 얼마나 많은 일을 해왔는데. 솔직히 병태씨……"

화정은 한숨을 쉬고 말했다.

"좀 이상한 거 알지? 병원에 좀 가봐. 욕하는 거 아니고 진심으로 하는 말이에요. 님 어딘가 이상한데 대체 어디가 이상한 건지 나로선 알 수가 없단 말이야. 알았어요? 나는 조울 쪽 전문이라……"

화정이 정신병리학의 전문가일 리 없었다. 그는 항상 아마추어였다. 지식도, 일도, 인간관계도. 그가 잘 아는 건 사람이 자길 떠날 때의 분위기 정도였다.

*

처음으로 나의 재능을 발견해준 사람이지만, 사실 P 기자도 나와 성향이 잘 맞지는 않았다. 그는 스포츠 업계에 어울리는 마초맨이었고 나는 별다른 욕망이 없는 초식남에 가까웠으므로.

나는 글 쓰는 건 별로 좋아하지 않았지만 독서는 즐겼다. P 기자는 글 쓰는 것에도 독서에도 별 취미가 없었다. 그래도 삼국지 이야기만은 좋아해서, 전국을 돌아다녀야 하는 지루한 취재 길에 종종 삼국지 이야기를 (일방적으로) 들려줬다.

"후한 말에 예형이라고 엄청 똑똑한 사람이 있었는데, 남들에게 싫은 소리만 했어. 심지어 최고 권력자인 조조한테도 그랬다니까. 게다가 자길 좋아하고 재능을 높이 산 사람들에게도 가차없이 막말을 했어. 인간적으로다가, 자기 편한테는 좀 잘해줘야 하는 거 아니냐? 난 그게 이해가 잘 안된다. 지식도 많고 똑똑하다며 왜 그렇게 멍청한 짓을 하는지 모르겠다고. 결국 개죽음당했지, 뭐."

그 무렵, 우리 회사는 그동안 잡지에만 싣던 탁구 기사를 인터넷에도 올리기 시작했다. 어느날 기사 중 하나에 악플이 달렸다. 익명의 힘을 믿고 쓴 댓글이었지만, 누가 쓴 것인지 쉽게 유추할 수 있었다. 좁디좁은 탁구 판이었다. 일부가 백설표 처리되었지만 아이디나 이메일 주소가 빤했다. 댓글을 쓴 사람은 평소 우리에게 좋은 기사를 써달라고 저자세로 부탁하던 탁구계 인물이었다. 우리 잡지사에선 그를 호의적으로 생각하고 있었다.

나는 그때 생각했었다. P 기자님의 말은, 그러니까 예형이 지금으로 따지면 악플러나 키보드 워리어 같은 존재라는 건가?

*

화정은 예형의 후예일까? 아니, 화정이 재능이 있긴 하지만, 그렇다고 예형 정도로 뛰어난 것일까?

나는 늘 핵심 파악이 느리다.

그러다 깨달았다.

결국 모든 것이 사람과 사람 사이의 일이었다. 관계를 맺지 못하는 화정은 계속 예술이라는 추상의 세계 주변을 맴돌 뿐.

내가 다니던 잡지사를 갑자기 퇴사했던 것처럼, 화정과 난 갑자기 멀어졌다.

*

어디서 나에 대한 소문이 났는지 모르지만, 알음알음 들어오는 사진 작업 의뢰를 받아가며 나는 연명했다. 내가 찍던 사진들이 주로 다큐멘터리 사진이었으므로 행사 현장 사진을 찍어달라거나, 집회 기록 등을 남겨달라는 요청이 주였다. 돈은 별로 안 됐지만 독신남 혼자 먹고살기엔 큰 어려움은 없었다. 달리 돈 드는 취미도 없었고 친구도 별로 없었으므로 괜찮았다.

어느 밤, 문득 예형과 화정과 P 기자에 대해 생각하던 나는, 다음날 아침 병원에 갔다. 처음 들른 정신과에서 성인 ADHD 판정을 받았다. 화정은 내 정신상태를 내내 궁금해했으니 진단명을 들으면 아주 시원해할 거 같았다.

*

몇 해가 흐른 후, 모르는 번호로 연락이 왔다. 대뜸, 잘 지내냐는 메시지였다.

—죄송한데 누구시죠?

내 물음에 상대는 당황한 듯 얼마간 말이 없다가 답을 보냈다.

—나 화정. 번호가 바뀌는 동안 내가 연락을 한 번도 안 했나보네.

그동안 나는 화정을 까맣게 잊고 있었다. 화정이 거의 'H'가 될 지경이었다. 그래서 지난 일은 잊고 새로이 반가운 마음이 들었다.

—안녕하세요. 잘 지내셨나요.

—잘? 인지 모르겠네. 걍 지냈어.

—그렇군요.

썰렁하고 까칠한 답에 나는 화정에 대해 복기했다. 그랬었지. 내게 병원에 가보라고 했던 그 화정. 그렇지만 나는 병원에 다니며 꽤 도움을 받았으므로, 싫기만 하진 않았다. 수험 공부할 때 남들 못지않게 오래 앉아 있어도 능률이 나지 않았던 이유를 알게 되었다. 집안에서 탁자나 의자 모서리에 자주 부딪혀도 난 원래 그런 사람이라는 걸 이해했다. 약을 먹기 시작한 후, 부딪히는 횟수가 줄었는가는 잘 모르겠지만, 아마도 그럴 거라 여기는 정도의 사람 말이다.

—무슨 일로 연락했는지 안 물어봐요?

—무슨 일로 연락하셨나요.

—……똑같네, 똑같아.

사람이 그렇게 쉽게 변하는 게 아니더라고요. 나는 대화
창에 이렇게 쳤지만 보내지 않고 지웠다.

—잠깐 만나주시죠?

—무슨 일인데요.

—만나서 얘기하죠.

새삼, 마지막으로 만나자고 했던 화정의 말이 떠올랐다.
몇 해가 흐르면 마지막이 번복되기도 하는 거군. 그게 사람
인가.

나는 특별히 할일도 없어서 알았다 했다. 화정도 내가
별다른 일이 없으면 거절하지 않으리라는 걸 알았는지 모
른다.

*

우리는 우리가 처음 만났던 사진 교육원 근처에서 보았

다. 그 근방은 오랜만에 갔는데 예전과 비슷하면서도 달라진 모습이었다. 그러니까 건물이나 거리 풍경은 크게 바뀌지 않았어도 그 안에 들어 있는 점포나 사업체들은 바뀌어 있었다. 도시의 풍경은 탁구장 사진하고도 비슷했다. 그 안에 점점이 들어 있는 사람들이 바뀌고 간판이 바뀌는 미묘한 변화로 인상이 크게 바뀌었다. 그래서 나는, 이 또한 내 병의 특성이라고 하는데, 낯선 곳에 온 것처럼 좀 어리둥절했다.

"여긴 별로 변한 게 없구나."

그런데 예민한 화정은 그렇게 말했다. 이렇게 낯선데 왜 저렇게 말할까?

난 좀 의아했으나 화정이 그렇게 말한다면 그만한 이유가 있겠지, 싶었다. 그러니까 우리는 세상을 바라보는 방식이 너무 달랐다. 같은 카메라를 쥐여줘도 사람마다 찍어오는 게 다르듯, 그랬다.

오랜만에 만나는 자리에 걸맞지 않게 우리는 패스트푸드점에 들어가 버거를 먹었다. 감자튀김은 공유했는데 화정은 거의 먹지 않았으므로, 나는 기꺼이 다 먹었다.

"살이 좀 쪘나?"

"많이 쪘죠. 그럴 나이이기도 하고."

화정은 말없이 고개를 끄덕였다. 그러다 황급히 말했다.

"그, 살쪘다고 고개 끄덕인 거 아니고 나이에 공감한 거예요. 그럴 나이이긴 하지, 우리가."

"네, 저도 별생각 없었어요."

화정은 안도한 듯이 이상한 한숨을 내쉬었다. 화정은 나랑 달리 살이 내려 있었다. 예민한 이미지가 더 부각되어 보였지만 나는 말하지 않았다. 나는 부주의한 만큼, 사람들에게 하지 말아야 하는 행위를 깊이 주지하게 되었다. 그러니까 외모에 대한 말은, 좋은 것이든 나쁜 것이든 최대한 하지 말아야 한다는 걸 알았다. 당연한 것이지만, 내가 ADHD라는 걸 알고 치료를 시작한 후, 조심해야 하는 것들을 더 의식하게 되었다. 그건 참 좋은 변화였다.

"이 편안함, 얼마 만인지……"

화정이 피식 웃으며 말했다.

"병태씨는 정말 예술적이면서도 민감하지 않아서 좋았지."

"그렇군요."

나는 오랜만에 속에 있던 이야기를 꺼냈다.

"그렇지만 어디 세상 사람들이 다 저처럼 속이 없겠습니까."

화정은 좀 놀란 표정을 짓다가 웃었다.

"그러게. 다들 자기 생각이 강하지. 그런데도 나는 왜 이 돈도 안 되고 예민한 사람들 틈바구니에서 못 벗어나고 있는지, 그게 제일 이상하고 한심해."

화정은 다시 웃었으나 이번엔 좀 쓸쓸한 표정이 되었다. 화정은 원래 나보다 표정이 풍부했으나 좀더 그렇게 되었다고, 난 생각했다.

"나 좀 변한 거 같지? 나 이제 사람들한테 막말하고 그러지 않아."

내 속마음을 읽은 것처럼, 화정은 말했다. 나는 갑자기 내가 틀린 것 같아졌다. 자기 입으로 스스로가 변했다고 말하니 되려 믿음이 사라진 것이다.

"그, 병태씨보다 적합한 사람이 떠오르지 않았어. 요새도 작업을 하죠?"

"작업이랄 건 없고 그냥 행사 사진 찍고 다니는데요."

"그래도 종종 인터넷에 뜬 기사 사진 봤어요."

"화정씨야말로 아직도 사진에 관심이 있어요?"

"사진에 관심이 있다, 라기보다…… 그냥 알고 지내는 사

람이 별로 없는데 그나마 아는 사람이 눈에 보이는 활동을
하니 나도 모르게 가끔 찾아보게 되더라고.”
화정이 좀 쑥스럽게 웃어 보였다.

나는 예전에 화정이 했던 말을 되뇌었다. 피아 식별. 피아
식별. 사냥감을 나눠주는 사람인가, 아니면 내가 잡은 것을
빼앗는 사람인가. 그것도 아니라 나를 사냥하는 사람인가?
어쨌든 사냥을 위해선 사람들 사이에 들어가야 했다. 화정
은 자신이 사냥감이 되어 쫓기다 온 것처럼, 나를 반겼다.
그러나 내가 그에게 도움이 될지 알 수 없었다. 나는 사냥
꾼이라 불릴 만한 사람이 아니었다. 사냥감 중에서도 좀 느
긋한 성격으로, 쫓기고 있어도 아마 나 자신은 모를 터였다.
제 왼손과 오른손이 어디 달렸는지도 모르는 사람처럼, 바
보 같을 것이었다.
그런 내가 P 기자를 만나 우연히 재능을 알게 된 것, 그리
고 화정을 만나 ‘커리어’를 쌓게 된 것은 이상한 일이 아닐
수 없다. 결국 사람이 나를 바꾸긴 했으나 그게 정말 내가
원한 것들인지 아직도 잘 모른다.

"어쨌든 하고 싶은 말은, 병태씨가 꼭 필요해요. 중요 인물이고, 핵심 인물이야."

화정답지 않은 과장된 표현에 난 눈알을 굴렸다. 어째서 내가 핵심 인물인지 설명은 없는 공허한 말이었다. 화정은 좀 뜸을 들이다 얘기했다.

"내가 그동안 생각해봤는데, 나는 그거야."

"그거?"

"나는 참모야. 그러니까 오른팔, 아니 오른팔도 아니고 왼팔이야. 제1참모도 아니고 2참모? 이걸 어떻게 표현해요? 군대 다녀오면 알아요?"

"……"

화정이 늘 그렇듯 이상한 말을 꺼내는가 싶어 대답하지 않았다.

"그러니까 앞에 내세울 사람이 필요해. 이번에 좋은 다큐 사진 공모 나온 거 봤는데, 같이 한번 내볼래요? 병태씨가 시위 현장 기록도 했으니, 주제 의식 면에서 가산점 받을 수 있어. 물론 병태씨 커리어에 도움이 되리라 생각해, 사람은 서로 부족한 걸 채워가야 하지 않겠어요? 이건, 이론적인 이야기가 아니라, 그…… 진심이에요."

커리어. 커리어에 도움이 되면 나쁘지 않겠지만, 나는 그 말이 좀 낯설게 느껴졌다. 내가 무엇을 쌓아가는 것이, 훗날 내가 쌓은 경력을 이용해 또다른 무엇이 되어 있을 거라는 것이. 그렇지만 입에 풀칠이라도 하는 현재 상황에 화정의 덕이 없다곤 할 수 없었다. 성향이 전혀 맞지 않았지만 내 스승 같았던 존재, P 기자도 마찬가지였다. 그는 우연히 내가 사진을 찍게 만들어, 나를 먹여 살렸다. 중생을 구하는 관음이 따로 없었다.

사람은 쉽게 변하지 않는다. 그렇지만 자신이 변했다고 말하는데 믿어도 되지 않을까?

곧이어 나는 현실적 재고를 했다. 화정의 말은 날 설득하기 위한 '이빨까기'일지도 모른다고. 그저 '괴뢰'가 필요한 것뿐이라고.

남을 의식하지 않고 자유롭게 찍은 사진과 남에게 어떻게 보일지 고려해서 찍은 사진. 나는 아직도 내가 그 둘 중 무엇을 겨냥하며 사진 찍고 있다고 말할 수 없다. 꽤 많은 작업을 한 후인데도 여전했다. 비비안 마이어가 그랬던 것처럼 그저 루틴대로 살고 있다. 나는 나로서 존재하며 기계처럼 움직일 뿐. 그걸 남이 마음대로 평가할 뿐. 그러나 결국 내 가치는 사람 속에서 완성되었다.

나는 다시 생각했다. 화정은 대장이 아니다. 나도 대장이 될 수 없고 되고 싶지도 않다. 화정은 자신이 누군가의 왼팔 감이라고 했는데, 그렇다면 화정의 오른팔도 아닌 왼팔 정도인 나는, 왼팔의 왼팔인가?

짧은 시간 안에 많은 생각이 스쳐지나갔다. 셔터를 길게 누르면 연속으로 사진이 찍히는 것처럼. 물론 그 풍경들은 누군가의 눈에는 비슷비슷해 보이겠지만 디테일이 달랐다.

화정의 캐논 카메라. 나의 니콘 카메라. 그리고 천수관음.

화정이 내민 이 손을 잡는 게 맞을까?

생각이 꼬리를 물었다.

어째서 누군가와 함께 일하는 것을 표현하는 관용어가 '손을 잡다'일까?

좀 얄궂은 기분이 들었다. 나는 성인 ADHD 환자였고 금방 산만해지는 것은 당연한 일이었다. 그러나……

나는 생각한 것을 입 밖으로 꺼내진 않았다. 이걸 말로 옮기면, 우리의 손이 너무 많아질 것 같았다. 천수관음이라 도 된 것처럼. 일이 너무 커져, 사진 전쟁이라도 일어날 것 처럼.

3월 31일 一시

마지막 날의 시

  기다려줘요 모래가 전부 날아가고 파도가 가라앉
으면

  잊고 있었던 불에 관해 이야기할 거예요
  봄 하늘의 별자리가 먼 곳으로 이동하면
  검은 눈을 가진 예쁜 사람들이 품 한가득 불을 안고
와요
  작은 불이 이글거리며 표정을 바꾸고
  내가 그리워하던 이층의 단칸방
  좁은 골목 거위를 치고 가던 소년
  녹슨 미끄럼틀에서 거꾸러지던 친구
  곤두박질치던 목 달아난 인형들 한꺼번에 확 쏟아

지는 귤 상자

굴러가는 머리를 보여줄 거예요

바람이 불 때마다 혀를 날름대는 불꽃

기억은 반쯤 타다 남았어요

몇만의 밤과 낮을 넘어 사막과 바다를 횡단하는
버스

깜빡 졸던 내가 봄 노래의 가사를 잊을지도 모르
지만

잠에서 깨어나 창밖을 보면

검고 예쁜 그들이 올 거예요

종착지는 멀어요 아니, 가까워요. 실은 자신이 없
지만

나는 불속에 손을 넣어 어제와 오늘과 내일을 마음
대로 줄 세워요

내가 일어난 시간과 눈 감을 시간을 섞는 동안

시간은 종점으로 흐르고

떠나간 봄 별자리가 되돌아올 때까지

기다려줄래요?

모래가 흩날리는 머나먼 모레
조각난 세상이 후드득 떨어지고
고대의 신전이 열릴 때까지
새로운 꿈이 타오를 때까지

봄엔 조증이 많다는데

ⓒ권민경 2026

초판 1쇄 인쇄 2026년 2월 13일
초판 1쇄 발행 2026년 3월 1일

지은이 권민경
펴낸이 김민정
책임편집 유성원
편집 정가현 민윤지 정수범
표지디자인 한혜진 **본문디자인** 엄자영
저작권 박지영 형소진 주은수 오서영 조경은
마케팅 정민호 박치우 한민아 이민경 박진희 황승현 김경언
브랜딩 함유지 박민재 이송이 박다솔 조다현 김하연 이준희
제작 강신은 김동욱 이순호
제작처 천광인쇄사(인쇄) 신안문화사(제본)

펴낸곳 (주)난다
출판등록 2016년 8월 25일 제406-2016-000108호
주소 10881 경기도 파주시 회동길 210
저작권 및 독자문의 copyright_nanda@munhak.com
작가섭외 및 행사문의 innanda@munhak.com
페이스북 @nandaisart **인스타그램** @nandaisart **엑스** @wingedpoems
문의전화 031-955-8865(편집) 031-955-2689(마케팅) 031-955-8855(팩스)

ISBN 979-11-24065-36-5 03810

○이 책의 판권은 지은이와 (주)난다에 있습니다.
○이 책 내용의 전부 또는 일부를 재사용하려면 반드시 양측의 서면 동의를 받아야 합니다.
○난다는 (주)문학동네의 계열사입니다.
○잘못된 책은 구입하신 서점에서 교환해드립니다.
  기타 교환 문의: 031-955-2661, 3580